과거부터 현재까지의 세 가지 음영
: 인도에서 아시아로 그리고 전 세계로

Translated to Korean from the English version of
The three shades from the past to the present

Mitrajit Biswas

Ukiyoto Publishing

All global publishing rights are held by

Ukiyoto Publishing

Published in 2024
Content Copyright © Mitrajit Biswas

ISBN 9789360163006

All rights reserved.
No part of this publication may be reproduced, transmitted, or stored in a retrieval system, in any form by any means, electronic, mechanical, photocopying, recording or otherwise, without the prior permission of the publisher.

The moral rights of the author have been asserted.

This is a work of fiction. Names, characters, businesses, places, events, locales, and incidents are either the products of the author's imagination or used in a fictitious manner. Any resemblance to actual persons, living or dead, or actual events is purely coincidental.

This book is sold subject to the condition that it shall not by way of trade or otherwise, be lent, resold, hired out or otherwise circulated, without the publisher's prior consent, in any form of binding or cover other than that in which it is published.

www.ukiyoto.com

목차

단원 1: 인도   1

인도 외교 정책의 원대한 비전 소개   2
인도 중심의 세계를 건설하기 위한 국가로서의 인도 외교 정책 전략 75 년   8
세계적인 열망을 위한 권력과 정치의 역동성: 인도의 지속 가능한 브랜딩과 일치합니까?   23
21 세기 글로벌 문제의 시민 과제에 대한 개발 내러티브의 균형을 맞추는 국가 브랜드로서의 인도   101

단원 2: 아시아   151

아시아와 경제 통합을 위한 세계화의 다양한 성장 차원   152
이민과 국경의 정치: 중앙아시아 국가 카자흐스탄 이야기   192

단원 3: 21 세기 의 세계 역학   204

왜 그리고 어떻게 미국이 실패했는가?   205
대중들 사이에서 민족주의를 수용하기 위한 정치적 커뮤니케이션과 그 매체 분석   219

**려진 미지의 세계: 21 세기 지정학에서 아시아가 없는
세계** 245
민족주의의 구성물로서의 언어 258
"이 논문은 언어의 사용과 민족주의와의 연관성을
반영합니다. 언어를 구성하는 것은 무엇이며 그
의미는 국가의 정체성에 매우 중요한 측면입니까?
사람들이 지역 사회에서 그룹화되는 것을 고려할 때
언어에 대한 친화력이 중요한 이유는 무엇입니까?
다음은 논문에서 답변하려고 시도한 몇 가지
질문입니다 258

단원 1: 인도

과거부터 현재까지의 세 가지 음영

인도 외교 정책의 원대한 비전 소개

21세기 인도의 외교 정책은 주로 파키스탄과 같은 오랜 세월의 우려를 중심으로 전개됩니다. 다른 하나는 통증과 내부 출혈을 일으키는 암이 된 양성 종양에 가깝습니다. 이는 인도의 외교 정책이 파키스탄에만 국한되지 않고 중국으로 나아가는 기간 동안 조치를 취한다는 아이디어로 귀결됩니다. 중국 대 인도의 개념은 일정 기간 동안 성장해 왔습니다. 중국은 항상 인도의 지정학적 라이벌이었지만 인도의 외교 정책은 독립 후 초기 10년 동안 반응이 느렸습니다. 그러나 인도 외교 정책의 역사성에 너무 많이 얽매이지 말자. 중국은 확실히 인도 외교 정책의 주도권을 잡고 있으며 중국이 우리 목을 조르는 방식은 아쉬움이 많이 남습니다. 도클람 이후 지난 몇 년 동안 불타오르고 있는 국경 충돌과는 별개로, 인도의 외교 정책이 상황을 처리하는 방식에 변화가 있었습니다. Doklam은 최근에 정말 추악하고 끈적끈적해진 첫 번째 충돌이었습니다. 인도의 외교 정책은 일련의 조치를 취하고 있으며 그 영향과 영향력 측면에서만 증가하고 있습니다. 이제 현재로 나아가 봅시다.

외교 정책의 아이디어는 임박한 위기의 관점에서 실제로 어떻게 행동하는지에 관한 것입니다. 여기서 우리가 전 세계의 위기에 대한 생각을 살펴보면, 그것은 권력 여행으로 돌아가고 싶어하는 두 권력 중심에서 발생합니다. 시간이 지남에 따라 인도의 외교 정책은 이 두 권력 중심이 현재 다루어지고 있는 단계로 넘어갔습니다. 인도 외교 정책의 도취감이 높아짐에 따라 우리의 생각이 길어져서는 안 되기 때문에 인도는 신중하게 밟아야 합니다. 그것은 어떤 나라에 의해 예고되는 외교 정책의 웅장한 비전이 무엇인지에 대한 바로 그 생각입니다. 이것은 인도가 중국이나 러시아 방식의 권위주의 정신없이 가능한 한 매력적으로 보이려고 노력한 곳입니다. 또한 오랫동안 가지고 있던 러시아와의 탯줄을 완전히 끊지 않았습니다. 오랜 시간 동안 검증 된 친구는 놓아주지 않았습니다. 러시아는 우리에게 여전히 중요하며 인도의 외교 정책은 러시아를 놓아주지 않도록합니다. 인도 외교 정책의 아이디어는 중국이 진정한 위협이 되고 다른 불량 국가를 지원하는 세계의 그림을 그리는 것이었습니다. 인도는 미국, 호주, 일본과 같은 국가에 손을 내밀어 세계 민주주의의 상징으로 여겨지고 받아들여지려는 인도의 원대한 비전에 부합하는 동맹을 구축하려고 노력해 왔습니다.

경쟁 협력 분야에는 인도와 파키스탄의 가시가 있습니다. 인도는 최근 파키스탄을 우회하기 위해 많은 노력을 기울이고 있으며, 차바하르 항구는 이란과 아프가니스탄을 연결하여 확장된 남아시아와 중앙아시아에 개방하고 있습니다. 그럼에도 불구하고 이는 인도가 국제 문제에서 책임감 있고 존경받는 강대국으로서의 역할을 회복한다는 비전과는 별개로 무역, 경제 협력 및 통합 게임에 개방하는 중요한 단계입니다. 인도 국제 문제의 지배적인 담론은 중국과 일부 국제 학자를 중심으로 이루어졌으며 많은 사람들이 인도와 중국의 출현을 냉전 2.0 으로 명명했을 수 있습니다. 나는 한 가지뿐만 아니라 여러 가지 이유로 그러한 비교에 대해 최대한의 의구심을 가지고 있습니다. 무엇보다도, 나는 그것이 출현이 아니라 고대의 중요한 문명의 불사조에서 이 두 나라의 재출현이라고 생각합니다. 가장 중요한 것은 인도와 중국을 비교할 수 없으며 비교해서도 안 된다는 것입니다. 인도는 파키스탄과 방글라데시를 초래하는 무슬림이 지배하는 지역의 잔인한 분할과는 별도로 왕실 왕국에 합류하는 국가 (전형적인 민족 국가가 아님)를 조각하는 고유 한 형태의 민주주의를 창안했습니다. 반면에 중국은 일당 국가 통치의 자체 형태를 만들고 광대한 국가(인도 크기의 약 3.5 배)를 유지했습니다. 가장 중요한 것은 인도와 중국이 국제 문제에서 수행하고자 하는 역할에 관해서는 철학적으로 상당히 다르다는 것입니다. 중국은 인도보다 10 년 일찍 세계 무역 투자에 개방했으며 산업 제조업에도 보다 적극적으로 참여했습니다. 반면 인도는 허덕이는 경제를 구하기 위한 최후의 수단으로 세계 무역에 발을 내디뎠다. 인도는 5 개년 계획과는 별개로 산업혁명을 놓치고 곧바로 서비스 기반 경제로 전환했다. 인도와 중국은 아프리카에 자원을 구애해 왔지만 참여 방식은 매우 달랐습니다. 중국은 인프라 구축에 더 많은 노력을 기울이고 있는 반면 인도는 더 많은 기술 협력을 모색하고 있습니다. 최근 4 회째를 맞은 인도-아프리카 정상회담에는 아프리카 국가들이 대거 참가했다. 이것은 이 두 지리적 지역이 공유하는 식민지 시대 이후 아프리카를 새로운 방식으로 참여시키기 위한 인도의 한 걸음으로 받아들여질 수 있습니다. 인도인이 특정 인종 동기 범죄에서 아프리카 학생들을 폭력적으로 대하는 불행한 상황은 경멸적이지만 인도의 참여는 대부분 아프리카에서 환영받았습니다. 중국은 앞서 언급했듯이 열차 시스템, 발전에 투자해 왔지만 인도는 보다 "가치 있는 소프트 파워" 접근 방식을 실현하고 기술 협력에 중점을 두고 있습니다. 또한 Airtel Telecom 에서 Reliance 산업에 이르기까지 인도의 민간 기업들은 기업 외교로 이어지는 농업에 투자하기 위해 아프리카를 조사하고 있습니다. 인도는 강력한 외교적 지원을 자랑할 수 있지만 새로운 기대에 부응하려면 외교 직원이 대대적으로 확장되어야 합니다.

과거부터 현재까지의 세 가지 음영

인도 중심의 세계를 건설하기 위한 국가로서의 인도 외교 정책 전략 75 년

인도는 금세기에 세계 정세에서 해야 할 역할뿐만 아니라 큰 도전을 안고 있습니다. 인도는 75 년간의 외교 정책을 마쳤으며, 직업 외교관 서비스 시험을 포함하여 여전히 식민지 숙취를 벗고 있습니다. 그러나 인도의 책임은 제 3 세계 세력과 함께 움직이는 주도적 인 역할을하는 것입니다 (지정 학적 및 경제 정책 측면에서 제 3 세계를 읽으십시오). 인도의 과제는 모두 국가의 사회 경제적 상황을 개선하는 것입니다. 인도는 국제 문제에서 더 큰 역할을 수행하기를 열망하지만 기억해야합니다. 하나는 동시에 "슈퍼 가난"과 "슈퍼 파워"가 될 수 없습니다. 인도는 앞서 언급했듯이 영국 식민지 시대의 관행과 제도를 유지해 왔습니다. 그러나 오늘날의 세계는 인도가 가능한 한 빨리 억압을 버리고 자신과 세계의 문제를 어떻게 해결하고 싶은지에 대한 비전을 더 명확하게 할 것을 요구합니다. 인도는 경제적 발자국 확장, 신흥 소비자 시장, 세계 정세에서 적절한 역할을 하기 위한 더 큰 영감을 제외하고 여전히 봉건제, 가부장제 및 기본 생존의 문제를 안고 있습니다. 인도는 전쟁으로 폐허가 된 아프가니스탄에서 중요한 역할을 했으며 외교적 자원뿐만 아니라 현금과 인프라 지원을 제공했습니다. 이는 장기적으로 인도에 중요한 복지와 이웃을 풍요롭게 하려는 인도의 비전에 부합합니다. 인도의 인접 지역과 교전하는 아직 배운 정책에도 동일하게 적용되지만 여기에는 몇 가지 결함이 있습니다. 인도는 변화하는 상황에서 매우 조심스럽게 행동해야 합니다. 인도는 최근 방글라데시 및 스릴랑카와 인프라 개발에 협력하고 있습니다. 정치적 참여는 번영하는 이웃을 위한 남아시아 통합의 경제적 관계에도 중요했습니다. 남아시아는 경제적으로 미미하며 사하라 사막 이남의 아프리카를 제외하고 중앙 아메리카와 카리브해만큼 빈곤에 시달리고 있습니다. 인도가 제 3 세계 진보의 상징이라고 생각하는 인도의 생각은 먼저 남아시아 국가들을 하나로 모으고 아프리카와 라틴 아메리카에서도 무역 통합 정책을 수행하는 것입니다. 그러나 말처럼 쉽지 않습니다.

경쟁 협력 분야에는 인도와 파키스탄의 가시가 있습니다. 인도는 최근 파키스탄을 우회하기 위해 많은 노력을 기울이고 있으며, 차바하르 항구는 이란과 아프가니스탄을 연결하여 확장된 남아시아와 중앙아시아에 개방하고 있습니다. 그럼에도 불구하고 이는 인도가 국제 문제에서 책임감 있고 존경받는 강대국으로서의 역할을 회복한다는 비전과는 별개로 무역, 경제 협력 및 통합 게임에 개방하는 중요한 단계입니다. 인도 국제 문제의 지배적인 담론은 중국과 일부 국제 학자를 중심으로 이루어졌으며 많은 사람들이 인도와 중국의 출현을 냉전 2.0 으로 명명했을 수 있습니다. 나는 한 가지뿐만 아니라 여러 가지 이유로 그러한 비교에 대해 최대한의 의구심을 가지고 있습니다. 무엇보다도, 나는 그것이 출현이 아니라 고대의 중요한 문명의 불사조에서 이 두 나라의 재출현이라고 생각합니다. 가장 중요한 것은 인도와 중국을 비교할 수 없으며 비교해서도 안 된다는 것입니다. 인도는 파키스탄과 방글라데시를 초래하는 무슬림이 지배하는 지역의 잔인한 분할과는 별도로 왕실 왕국에 합류하는 국가 (전형적인 민족 국가가 아님)를 조각하는 고유 한 형태의 민주주의를 창안했습니다. 반면에 중국은 일당 국가 통치의 자체 형태를 만들고 광대한 국가(인도 크기의 약 3.5 배)를 유지했습니다. 가장 중요한 것은 인도와 중국이 국제 문제에서 수행하고자 하는 역할이 철학적으로 상당히 다르다는 점이다. 중국은 인도보다 10 년 일찍 세계 무역 투자에 개방했으며 산업 제조업에도 보다 적극적으로 참여했습니다. 반면 인도는 허덕이는 경제를 구하기 위한 최후의 수단으로 세계 무역에 발을 내디뎠다. 인도는 5 개년 계획과는 별개로 산업혁명을 놓치고 곧바로 서비스 기반 경제로 전환했다. 인도와 중국은 아프리카에 자원을 구애해 왔지만 참여 방식은 매우 달랐습니다. 중국은 인프라 구축에 더 많은 노력을 기울이고 있는 반면 인도는 더 많은 기술 협력을 모색하고 있습니다. 최근 4 회째를 맞은 인도-아프리카 정상회담에는 아프리카 국가들이 대거 참가했다. 이것은 이 두 지리적 지역이 공유하는 식민지 시대 이후 아프리카를 새로운 방식으로 참여시키기 위한 인도의 한 걸음으로 받아들여질 수 있습니다. 인도인이 특정 인종 범죄에서 아프리카 학생들을 폭력적으로 대하는 불행한 상황은 경멸적이지만 인도의 참여는 대부분 아프리카에서 환영받았습니다. 중국은 앞서 언급했듯이 열차 시스템, 발전에 투자해 왔지만 인도는 보다 "가치 있는 소프트 파워" 접근 방식을 실현하고 기술 협력에 중점을 두고 있습니다. 또한 Airtel Telecom 에서 Reliance 산업에 이르기까지 인도의 민간 기업들은 기업 외교로 이어지는 농업에 투자하기 위해 아프리카를 조사하고 있습니다. 인도는 강력한 외교적 지원을 확실히 자랑할 수 있지만 새로운 기대에 부응하려면 외교 서비스 직원이 크게 확장되어야 합니다.

인도는 또한 주권과 불개입을 존중하는 정책을 유지하고 있지만 국제 분쟁에서 취해야 할 중요한 조치를 취하고 있습니다. 그럼에도 불구하고 인도는 이라크-시리아 위기에서 인도가 기대했던 책임 있는 권력을 행사하지 못했다. 공식 커뮤니케이션을 유지했지만 해외 원조와 인도적 구호를 위한 중요한 조치가 누락되었습니다. 여기에 덧붙여야 할 최근 상황은 미얀마에서 진행 중인 로힝야족 난민 위기로, 인도 정부가 로힝야족을 받아들이기를 거부하고 이미 이곳에 있는 사람들을 추방했지만 갑자기 채택된(비공식 정책) 유턴을 했습니다. 인도는 빈곤, 실업이라는 심각한 문제를 안고 있으며 난민 협약의 공식 서명국이 아님에도 불구하고 티베트, 아프가니스탄, 스리랑카 등에서 난민을 받아들였습니다. 이 갑작스런 정책은 많은 아시아 태평양 국가들이 책임감 있고 신뢰할 수있는 파트너로 여기는 인도에게는 좋은 징조가 아닙니다. 인도는 부탄과 중국과 접경한 도클람-라 지역에서 작지만 우호적인 인도인 부탄에 대한 중국의 부당한 간섭 역할에서 상당한 역할을 했습니다. 인도는 네루비안 사회주의 외교 정책에서 벗어나 다양한 교리로 전 세계에 참여하려고 했습니다. 주요 교리는 "동남아시아 국가를 보라", 서아시아를 보라, 그리고 새로 형성된 "중앙 아시아 연결"이다. 이러한 모든 교리에도 불구하고 미국, 러시아, 프랑스, 독일, EU, 일본과 같은 강대국 및 EU, BRICS, IBSA, RIC, G-20, MTCR 등과 같은 다자간 포럼과 인도의 관계의 중요성도 있습니다. 인도는 원래 우즈베키스탄(부하라와 사마르칸트)에서 온 투르크 출신 사람들인 델리 술탄국과 무굴 왕국을 통해 인도와 역사적 관계를 맺고 있는 중앙 아시아 지역을 육성하기 위해 노력해 왔습니다. 무역은 또한 오래전부터 이 지역과 번성했습니다. 그러나 이들 지역과의 중요한 관계는 소련과 인도가 상하이협력기구에 가입하여 인도와 특히 파키스탄이 회원국인 중앙아시아를 연결한 후 검토되고 있습니다.

인도는 특히 국방 및 무역 참여와 관련하여 많은 전략적 관계를 맺어 왔습니다. 인도와 프랑스의 첫 번째 전략적 관계는 물론 의미 있는 관계로 꽃을 피웠다. 영국과의 관계 육성이 그다지 중요하지 않다고 말하는 것은 불공평하지 않을 것입니다. 독일은 또한 청정 에너지, 과학, 교육 및 인프라, 기업 및 국방 협력과 관련된 거래에서 인도의 매우 중요한 파트너였습니다. 유럽의 다른 중요한 국가로는 이탈리아 해군이 케랄라에서 두 명의 어부를 살해하고 관계를 해동시키는 것을 제외하고는 인도가 우호적인 관계를 유지해 온 이탈리아가 있습니다. 그러나 최근 이탈리아 총리의 방문과 내년 수교 75주년을 맞이한 것은 중요한 진전이다. 또한 벨기에 왕실의 방문을 제외하고 최근 인도 지도부의 스페인, 포르투갈 방문은 인도-유럽 참여를 위한 중요한 단계입니다. 또한 Make in India 프로그램에 스웨덴이 크게 참여하고 디지털 레지던스 프로그램을 통해 인도의 젊은 기업가를 환영하는 에스토니아는 유럽에서 인도의 성장하는 발자국을 잘 읽을 수 있습니다. 부통령이 최근 방문한 폴란드와 같은 유럽의 다른 신흥 강대국과 인도의 활발한 관계를 잊지 말아야 하며 둘 다 매력적인 관계를 기대하고 있습니다. 인도 레스토랑의 인도 요리를 제외하고 힌디어 영화,

과거부터 현재까지의 세 가지 음영

요가 및 향신료의 소프트 파워 측면은 유럽 참여를 위한 인도의 중요한 도구에서 끝없이 문서화되었습니다. 인도와 유럽 관계의 최근 단계는 10 년 이상의 "전략적 동반자 관계"의 교착 상태를 깨뜨릴 자유 무역 협정에 대한 재협상이었습니다. 인도-EU 는 교육, 문화, 과학 분야에서 상당한 협력을 해왔지만 러시아, 중국, 미국이 역할을 하는 인도양 지역과 유라시아의 안보 협력에 대한 버스를 놓쳤다.

인도는 러시아와의 관계에서 냉전 이후 매우 중요한 관계를 공유하고 있습니다. 네루의 사회주의 성향에 의해 제안된 소련과의 관계와 경제 및 깊은 방위 관계를 제외한 문화 교류는 새로 형성된 인도의 운명을 형성했습니다. 거대한 사회주의 단위의 붕괴 이후 소련에서 나온 러시아는 또한 양자뿐만 아니라 BRICS 및 RIC (러시아, 인도 및 중국)의 새로운 전략적 파트너로서 인도와 상호 작용합니다. 인도는 방위 교전과 관련하여 러시아에 의존하는 것에서 멀어졌지만 아직 테스트되지는 않았지만 새로

찾은 친구로 이동했지만 미국과 상당한 관계를 맺고 이스라엘을 밀접하게 따르고 있습니다. 인도와 미국의 변화하는 리더십은 인도와 미국 간의 지속적인 동지애에 아무런 방해가 되지 않았습니다. 트럼프 대통령의 흔들리는 정책은 인도가 경계해야 할 부분이지만 최근 국방장관의 인도 방문을 통해 인도를 안심시키고 아시아로의 회귀 계획에서 미국의 핵심 역할을 하며 일본과 호주를 연결하여 점을 마무리하는 것으로 보인다. 그러나 이제 인도와 이스라엘의 형태로 가까운 미국 동맹국의 관계로 이동하면서 나렌드라 모디 인도 총리가 인도 국가 원수의 첫 공식 방문을 위해 이스라엘을 처음 방문하면서 관계가 새로운 차원으로 발전하면서 중요한 진전을 이루었습니다. 그러나 여기서 인도는 UAE, 오만, 사우디 아라비아 및 카타르와 가장 중요한 GCC 국가와의 전략적 파트너십을 유지하고 구축하는 "현실 정치" 하에서 신중하고 훨씬 더 현명하게 외교 게임을 해왔습니다. 인도는 또한 앞서 언급한 바와 같이 예멘에 꾸준한 원조를 제공하고 이란에 투자했음에도 불구하고 카타르와 사우디아라비아

간의 갈등을 피하고 이란과 예멘과의 갈등을 피했습니다.

인도 총리의 호주 방문과 전 뉴질랜드 총리의 방문 외에도 인도의 소도서 개발도상국 회의 개최, 인프라 개발을 위한 자금 지원 추진 등은 인도가 아시아 태평양 지역에 참여하려는 의지가 커지고 있음을 보여줍니다. 그러나 아시아 태평양 지역에서 일본의 더 큰 힘은 경제 투자 및 인프라 개발 측면에서 인도와 문화적으로 밀접하고 중요한 관계를 강화했습니다. 인도는 또한 "Look East" 정책을 사용하여 아세안 국가들과 연결하고, 아세안 국가 청소년들이 참여하는 음악 축제를 조직하고 내년 공화국의 날 축하 행사에 아세안 국가 원수를 초청함으로써 이를 발전시켰습니다. 지금까지 참석할 국가 원수 중 가장 많은 수입니다. 그러나 인도는 아시아 태평양 게임에서 그럴듯하게 한국과 한반도에 관여해야 한다. 베트남은 이미 남중국해 분쟁에서 인도의 더 중요한 역할을 위해 인도를 구애하고 있습니다. 다가오는 인도 총리의 필리핀 방문은 인도가 아세안 및 아시아 태평양 지역을 넘어 참여하는 중요한 단계가 될 것입니다.

이제 미국으로 나아가면서 인도와 터키의 관계가 놓친 기회였다는 점을 언급하는 것이 중요합니다. 최근 에르도안 터키 대통령의 방문은 이 두 위대한 국가 간의 일반적으로 냉담한 관계에 약간의 불을 붙인 것처럼 보였습니다. 인도는 지난 10년 동안 영국과 비슷한 관계를 유지해 왔으며 식민 개척과 식민화의 역사가 있음에도 불구하고 관계에서 중요한 것이 느슨한 것 같습니다. 2017년은 인도-영국의 해로 기념되었지만 MG 모터는 최근 Make in India 프로그램에 따라 인도에 투자하려고 합니다. 상당한 규모의 인도 공동체가 있는 미국의 또 다른 국가로 이동하는 동안 인도는 무역, 서비스 교환 및 협력의 부드러운 측면을 기반으로 관계를 유지해 온 캐나다가 있습니다. 인도와 미주 관계에서 가장 중요한 부분은 대부분 멕시코, 쿠바, 브라질 등과 같은 중요한 국가를 포함한 라틴 아메리카와 관련이 있습니다. 2015년 인도 총리의 멕시코 방문과 최근 쿠바에 대한 미국의 부과에 반대하는 인도의 입장은 BRICS 에 따라 브라질과 적극적으로 참여하고 IBSA 와 남아프리카 공화국도 포함하는 것 외에도 유용했습니다. 인도는 또한 아르헨티나, 칠레, 페루 등을 포함한 라틴 아메리카의 다른 주요 국가들과도 교류하려고 노력해 왔습니다. 인도는 경제 협력에서 아르헨티나와 의미 있는 관계를 맺었지만 카리브해 섬 및 칠레, 페루, 볼리비아, 베네수엘라 등과의 격차는 여전히 남아 있습니다. 세계 두 지역의 거리는 인도가 MERCOSUR 및 Pacific Alliance 에 점점 더 많이 참여함으로써 충족되기 위해 노력해 왔습니다. 그러나 인도는 인도 문화위원회 (Indian Cultural Council)의 인도에서 파견 된 정기적 인 문화 부대를 통해 문화적으로 강한 존경을 유지해 왔습니다. 그럼에도 불구하고 그 관계는 변화하는 세계의 역동성을 구축하는 의미 있는 관계로 이어질 수 있는 단조 품질이 부족했습니다.

변화하는 세계에서 인도는 외교 활동, 특히 공공 외교에 더 많이 참여해야 합니다. 인도는

ISIS 와의 분쟁에 관여하지 않았으며 최근 소말리아에서 발생한 폭력적인 공격에 대해 어떠한 수사도 발표하지 않았습니다. 인도의 도전은 협력과 경쟁에 기반한 "협력 관계"를 만드는 데 있어 중국과 함께 남아 있습니다. 인도는 아직 갈 길이 멀고 예측에 따르면 기껏해야 중요한 강대국이자 중간 강대국으로 간주될 수 있습니다. 인도가 나아갈 길은 내부 문제, 투쟁 및 단층선을 극복하는 데 도전이 될 것이며, 그 중 가장 중요한 것은 카슈미르입니다. 친족주의, 부패, 문맹이라는 오래된 문제 속에서 절망에 빠져 살아가는 수백만 명의 사회경제적 상황을 개선해야 하는 인도의 큰 도전이 있다는 것을 잊지 마십시오. 인도에 대한 언론 보도와 대중 담론을 통해 인도의 새로운 활력이 인도를 안팎에서 바라보고 있다는 것은 의심의 여지가 없습니다. 그러나 인도는 갈 길이 멀고 변화하는 21세기 세계에서 인도를 우러러보는 국가뿐만 아니라 번영을 창출하는 데 있어 인도의 역할이 커지고 있다는 비전을 가지고 외교 정책을 파악해야 합니다. 국제 문제에서 인도의 역할에 대한 열망이 높이 날아가도록 하십시오.

세계적인 열망을 위한 권력과 정치의 역동성: 인도의 지속 가능한 브랜딩과 일치합니까?

아이디어는 인도가 국가로서 어떻게 형성되고 있는지 이해하는 것입니다. 국가에 대한 생각은 인식하기 어렵고 국가로서의 인도가 어떻게 형성되었는지에 대한 생각입니다. 인도가 민족국가로서 어떻게 생겨났는지에 대한 바로 이 아이디어를 조사하고 이해하는 것이 바로 이 아이디어입니다. 다양한 학자들의 아이디어와 인도 국가가 시대를 거쳐 어떻게 형성되었는지에 대한 아이디어가 필요합니다. 이 논문은 여전히 육성되고 있는 인도에 대한 더 깊은 이해를 탐구합니다.

소개:

인도의 아이디어를 이끄는 것은 무엇입니까?
인도의 권력과 정치에 대한 생각은 사람들, 빈곤, 오염, 인구 및 설교에 대한 생각으로 넘어갑니다.

인도가 식민 통치에서 독립한 후 시간의 흐름과 함께 근대 민족 국가로 부상한다는 생각은 인도와 같은 오래된 문명의 장에서 확실히 새로운 잎사귀를 돌렸습니다. 인도는 우리가 일반적으로 제 3 세계주의라고 부르는 새로 형성된 국가의 전형적인 문제로 고통받는 매우 새로운 민족 국가입니다. 그러나 제 3 세계에 대한 생각은 접근 방식이 너무 환원 주의적이며 진부하게 논의되어 개인적으로 이 기사가 같은 함정에 빠지기를 원하지 않습니다. 이 기사는 인도에 고유한 정신이 있는 경우 인도를 정의하는 것이 무엇인지 이해하는 것에 관한 것입니다. 그러나 다양한 복잡성을 가진 국가에서 독특한 헌법의 원칙에 따라 설립 된 국가 *(Fernandes, 2004).* 그 문맹, 망가진 교육 시스템, 시민에 대한 정치인의 책임은 우리나라의 불타는 문제입니다. 그러나 문제가 무엇인지 모르는 것은 아닙니다. 책임은 해결책을 찾는 데 있으며 인도 사회는 그렇게 할 책임을 받아들일 준비가 되어 있습니다. 인구 기준으로 세계 최대의 민주주의에서 민주주의에 대한 아이디어는 분명히 많은 의문을 제기했지만 그 모든 것에도 불구하고 민주주의는 살아남았습니다. 그러나 삶의 질의 매개 변수, 부패없는 사회를 찾는 수십억 명 이상의 사람들의 기대, 서구 표준을 반드시 따르지 않는 진정한 민주주의 사회에 대한 새로운 아이디어는 독립 후 70 년 동안 인도 사람들에게 진정한 거래 일 수 있습니다. 인도 민주주의의 기둥을 만든 인도 헌법의 아버지는 인도가 필요로 하는 것이 무엇인지에 대한 선견지명을 가지고 있었습니다. 진정한 독립을 위해 먼저 형평성을 사회에 도입하는 방정식과 관련하여 유보라는 개념이 도입되었습니다. 동일한 시나리오가 투표 은행 정치의 아이디어로 촉발되었지만 인구 통계와 예약의 혜택의 범위는 아직 매우 학문적 관점에서 완전히 이해되거나 답변되지 않았습니다. 분단의 고통, 다양성에 대한 생각, 모든 사람들에게 실제로 영향을 미치는 인도 독립 문제는 인도의 권력과 정치에 대한 생각을 이끄는 것입니다. 키워드와 함께 추가된 것은 인도 사람들의 역동성입니다. 헤아릴 수 없는 빈곤의 문제는 슬프게도 부패와 얽혀 있는 민주주의를 통해 제거되어야 합니다. 인도의 도덕성에 대한 설교는 인도의 역동성이 국민의 기대에 실제로 공감할 때만 반향을 일으킬 것입니다. 움푹 들어간 곳, 오염 및 부패한 공공 기관에 대한 오래된 이야기가 아닙니다. 그것은 다시 책임의 역학을 방정식에 가져옵니다. 인도는 민주주의를 장애물이 아닌 힘으로 삼아야 하며, 이는 우리나라의 역동적인 성격에 대한 끊임없이 변화하는 기대에 대한 아이디어에 기반한 교육, 보건, 법률 및 사회 복지와 관련된 정책에서만 올 것입니다.

경제 정치를 통한 Bharat 또는 India 브랜딩 : 도처에 있는 수많은 알려지지 않은, 인정받지 못한, 이름 없는 영웅들의 어깨 위에서 일하고 있는 인도에 대한 아이디어. 인도의 전력 예측에 대한 이해에 관해서는 먼저 무역부터 시작하겠습니다. 무역의 개념은 이해하는 것이 가장 중요하며 그것이 한 국가의 정치 경제에 어떤 영향을 미치는지 이해하는 것이 가장 중요합니다. 인도는 현재 GDP 상위 7 위 안에 들며 5 위에서 7 위 사이를 오가며 2025 년까지 상위 3 위 안에

드는 것을 목표로 하고 있습니다. 그러나 가장 중요한 질문은 인도가 브랜딩을 위해 경제력을 투영해야 하는 위치와 이를 어떻게 할 수 있었는가 하는 것입니다. 국제 포럼에서 인도의 로비 문제에 관해서는 더 이상 비밀이 아니라 모디 총리가 인도가 투자 결정을 내리기 위해 치열한 캠페인을 벌이는 가운데 국제 포럼에 참석했다는 것은 매우 확립된 사실입니다. 인도는 세계에서 가장 빠르게 성장하는 경제를 달성했지만 실제로 경제를 괴롭히는 인도의 무역에 대한 주요 질문이 가장 중요합니다. 인도의 인구 통계 학적 배당금은 적절한 노동력으로 전환되지 않는 한 심각한 문제가 될 수 있습니다 (*Khodabakhshi, 2011*). 현재 인도의 정치 상황은 정치 경제 강화와 관련된 인도의 새로운 법률 제정에 초점을 맞추고 있습니다. 여기에는 새로 도입된 파산법, 오래된 인도 경제 결핍의 족쇄를 깨기 위한 노동법 개혁이 포함됩니다. 인도 경제가 원시를 갖는 것이 매우 중요하며, 이는 인도의 젊은 노동력에 대한 기술을 포함해야 합니다. 안타깝게도 인도는 상업화되고 교육을 빈곤에서 벗어나기 위한 관문으로 사용하는 교육을 기반으로 합니다. 인도에는 엄청난 엔지니어와 과학자 풀이 있지만 글로벌 표준에 도달하는 데 필요한 품질과 연구 작업입니다. 이것은 인도의 다국적 기업에 대한 질문으로 이어지며, 인도는 국내 기업 주택과는 별도로 인도에 투자하고 있습니다. 연구 기반의 혁신 센터는 방갈로르의 Airbus, [VIVO, OPPO 등]과 같은 중국 기업 및 기타 여러 기업을 내놓았습니다. 그러나 인도는 다른 경제 형태의 단순한 노동이 아니라 숙련 된 자원의 전체 론적 국가로서의 이미지를 얻으려고 노력해야합니다 ***(Harish, 2010).*** 단순한 조립 및 노동 풀에 대한 아이디어도 중요하지만 산업 혁명 4.0 으로 알려진 현대 산업 혁명의 사용으로 보완된다면 중요합니다. 개발 도상국에서 유입되는 성장 동력은 아시아가 동아시아에서 시작하여 동남아시아로 이동했으며 물론 중국과 인도가 두 개의 거인으로 이동했습니다. 그러나 인도는 서비스 지향 경제가 국가를 주도하고 성장하는 경제로 예상된다는 점에서 독특하지만 얼마나 오래됩니까? 인도는 주기적인 경기 침체로 어려움을 겪었고 이는 자연스러운 일이지만 투자 사이클이 시작되고 있습니다. 이 시나리오에서 소상, 소상, 중견 기업의 일부인 인도의 소액 무역 단위는 대규모 투자의 초점이 되어야 합니다. 이는 Amazon, Uber 등을 통해 이루어지고 있으며 인도의 경제적 열망에도 매우 중요하기 때문에 이러한 단위에 초점을 맞추고 있습니다. 인도는 국가 브랜딩에 대한 아이디어를 추진해야 하지만 이미 몇 가지 허점이 존재하는 곳에서는 불가능합니다. 경제 성장은 바닥과 삶의 질로 스며들 필요가 있습니다. 여기서 문제는 정치와 정책 측면에서 권력 투사입니다. 인도의 정치는 여전히 카스트 분열로 고통 받고 있는데, 그럼에도 불구하고 오랜 세월의 사회 경제적 현상이며 정치와 권력 투쟁이 개발과 관련이있는 국내 지향 과정의 내부 정책을 조정하는 데 많은 시간이 걸릴 것입니다 *(Mooij, 1998).* 투자를 포함한 인도의 무역 정책의 관점에서 볼 때 인도는 국내 산업을 보호했지만 동시에 IT, 제약 등을 제외한 세계 시장에서 경쟁력을 갖추지 못한 것으로 나타났습니다. 인도의 의류 및 섬유 산업 상황은 중소기업 유화 정치가 수출 지향 정책의 현대화에 대한 더 큰 그림에 대한 이해를 이어 받았다는 사실에 대한 분명한 증거입니다. 따라서 정치 경제 측면에서 인도의 정책 결정이 세계적인 열망과 일치하는 것이 매우 중요합니다. 인도 경제는 여러 가지 복잡성과 도전에 적응할 뿐만 아니라 인도의 정치에 대한 생각은 여전히 시골이고 본질적으로 더 퇴행적인 것처럼 보입니다. 인도의 기술 개발, 인공 지능 사용 및 경제 매개변수 개발에 대한 아이디어는 인도에서 정책 지향적인 정치에 가깝습니다. 정부나 인물의 단순한 수사학이 인도에 그다지 좋지 않다는 것을 이해해야 할 때일 수 있습니다 *(Brass, 2004)*. 인도의 정치 경제는 점차 시골에서 도시적인 접근 방식으로 이동하고 있습니다. 그러나 본질적으로 양자처럼 보이지만 다가오는 미래에 치명적일 수 있는 더 깊은 격차를 남겼을 수 있는 몇 가지 도약이 있었습니다. 따라서 인도의 정치 경제에 대한 아이디어는 아마도 인도 정치에서 만들어진 인도의 브랜드 이미지가 바뀌어야한다는 것입니다. 서벵골과 케랄라와 같은 특정 주의 정치는 사회경제적 매개변수의 시작과 함께 매우 농업적인 모델을 가지고 있었습니다. 카르나타카, 마하라슈트라, 펀자브, 하리아나, 라자스탄, 구자라트는 훨씬 더 까다로운 카스트 정치뿐만 아니라 농업으로 둘러싸인 산업 벨트를 가지고 있습니다. 따라서 인도의 정치 경제에 대한 아이디어는 각 주마다 고유 한 의제가있는 경우 다양합니다. 그것은 국가 권력 투영의 전반적인 의미에서 복잡해지고 인도에서 정치에 대한 보편적인 아이디어를 만드는 것입니다. 독립 당시부터 현재에 이르기까지의 질문은 다양성의 독창성을 통해 어떻게 획일성이 될 수 있는지에 대한 이해에 근거합니다. 인도 선거는 정치와 권력의 뿌리가 인도 경제에서 어떻게 시작되는지를 보여주는 전형적인 예입니다. 그것은 인도 정치계를 위해 라운드를 하는 것이 나름의 사연이 있는 인도 경제의 성장에 가슴을 두드리는 것이라는 질문으로 우리를 이끕니다.

인도의 성장 지속 가능성에 대한 질문 : 인도에서 가장 큰 문제는 인도의 부의 분배에 큰 불균형이 있다는 것이며, 이는 성장에 대한 이해에 큰 의문을 제기합니다. 지난 70 년 동안 인도의 성장은 헌법 복지와 빈곤에 대한 생각에도 불구하고 인도의 정치는 여전히 만성 빈곤의 핵심에 부딪치지 못했습니다. 인도가 사람들을 빈곤에서 벗어나지 않았다는 의미는 아니지만, 그 사람들은 그 수가 적고 중산층을 포함한 고급 사람들이 아니라 과장된 인도의 "전형적인 중산층" 부문의 덩어리를 형성합니다. 인도의 빈곤은 물질주의적 개념에서 수세기 동안 존재해 왔지만 인도의 정치 경제는 이제 하이브리드 형태의 수용을 가지고 있습니다*(Varshney, 2000)*. 하나는 인도의 시골 지역과 경제적으로 박탈된 지역에서 이주한 사람들이 있는 도시 빈곤의 정치입니다. 도전은 일정 기간 동안 계속 성장하기 때문에 여기에 있습니다. 빈민가의 도시 빈곤으로 과중한 도시는 소외, 빈민가, 카스트 편견 *(Aghion and Bolton, 1997)*의 개념을 가져오는 정치의 싸움이었다. 이것은 인도의 성장에 대한 아이디어가 인도 경제의 도전과 그와 관련된 정치적 각도 속에서 인간의 삶의 발전으로 전환되어야 할 곳입니다. 그런 다음 양질의 라이프

스타일에 대한 열망과 관련된 도시 도전 자체에 대한 질문이 제기됩니다. 인도 도시는 안전 예방 조치의 부족, 배수 문제로 인한 비 홍수, 그리고 가장 중요한 것은 악명 높은 인도의 교통 체증과 도시의 혼잡으로 인해 항상 화재의 최전선에 있었습니다. 이러한 문제는 주류 정치에서 다루어지지 않았지만 주류 정치에서는 그렇지 않습니다. 그러나 이는 품질 및 개발 표준 측면에서 심각하게 개선되는 국가로 마크를 만드는 데 매우 중요한 품질 매개 변수입니다. 인도 정치 대다수의 봉건적 사고 방식은 더 빨리 바뀌어야 합니다. 빈곤의 정치는 일정하게 유지되지만 Roti, Kapda aur Makaan(음식, 의복 및 쉼터)에서 교육, 기술 개발, 그리고 가장 중요한 것은 현재 핵심 초점인 인도의 고용 문제로 의미와 열망이 바뀌었습니다. 그러나 인도의 정치와 세계 권력에 대한 열망은 농촌 경제에 대한 더 큰 그림 없이는 불완전합니다. 도시화는 빠르지만 여전히 농업 경제를 가지고 있고 농촌 지역의 사람들은 여전히 카스트, 낮은 삶의 질(미니멀리즘 또는 소비주의 개선을 제외하고)의 뿌리 깊은 문제로 인해 삭감되어 있지만 건강, 전기 및 교육과 같은 양질의 삶을 위한 기본 측면에 대한 접근을 포함합니다. 인도 경제는 이제 인도 경제의 디지털화뿐만 아니라 화폐 화폐화를 통해 인도를 재화폐화하는 정치와 정책을 포함하는 새로운 방향으로 나아가려고 노력하고 있습니다. 가장 중요한 것은 비판을 받았음에도 불구하고 은행 계좌에 대한 아이디어가 전체 인구에 대한 접근도 훌륭한 단계라는 것입니다. 인도 경제는 인도 헌법에 명시된 복지 국가의 성취에 대한 이해와 관련하여 먼 길을 왔습니다. 물론 여전히 봉건적인 부패와 권력 구조로 인해 훼손된 공공 서비스의 라스트 마일 분배와 관련된 수많은 도전이 있습니다. 영국 Raj 식민지 시대의 시스템은 인도와 정치 경제 시스템 *(Tilak, 2007)*에 대한 동양-서양 혼성화로 더 많이 바뀌었다. 카스트 제도와 인도의 단일 규모에 대한 아이디어는 국가 의회가 있음에도 불구하고 중앙이 재정을 장악하고 있다는 점에서 모두 맞습니다. 인도는 세계적인 역할을 열망하고 있을지 모르지만 여러 국가의 일부 지표는 사하라 사막 이남의 아프리카와 비교해도 암울합니다. 이들 주가 중앙에 통합되고 공공 재정에 대한 자율성과 책임을 제공한다는 아이디어는 매우 중요합니다. 비하르(Bihar), 우타르프라데시(Uttar-Pradesh)와 같은 주에서는 하위 카스트에 대한 기본적인 편의 시설과 인간 존엄성이 여전히 의심스러운 카스트 계층에서 들어오는 심각한 권력 로비가 있습니다. 인도는 소득 격차가 큰 후 상대적으로 평온함을 유지했음에도 불구하고 민주적 안전 밸브가 여전히 중요하다고 생각하기 때문에 정말 놀랍*습니다 (Demetriades and Luintel, 1996).* 그러나 인도의 정치 경제와 인도의 소외된 부분에 대해 말하자면, 낙살주의, 경제적 번영과 관련된 지역주의 및 인도의 국가 간 이주 통제와 관련된 지역주의는 매우 심각한 도전 중 일부입니다. 인도의 정치는 이러한 문제를 국가 차원의 정치에 거의 도달하지 못하는 심사 수준으로 전개됩니다. 지난 몇 년 동안 국가 전선에서 농업 정책 개편, 산업 및 노동법 개혁, 세금 준수 및 부실 자산 감소 및 국방 예산 책정이 인도 정치의 각광을 받았습니다. 이것은 미시적 관점과 거시적 관점

모두에서 한 국가의 국내 경제 정책 구축의 핵심 요소입니다. 그러나 교육, 기술 개발, 의료 인프라 및 공공 편의 시설 개선과 같은 뿌리 깊은 문제는 이러한 모든 요소가 혼합되어 혼란스러워 보입니다. 인도는 BRICS 동료들 사이에서도 교육 및 보건에 대한 GDP 지출이 매우 낮으며, 이는 특정 건강 지표에서 개선을 보였음에도 불구하고 여전히 다른 많은 건강 분야에서 뒤쳐져 있음에도 불구하고 부끄러운 일입니다 *(Bosworth and Collins, 2008)*. 의사 부족, 아동 사망률 등은 하위 주에만 갇혀 있고 주 수준으로만 이월될 수 있는 인도 주류 정치의 각광을 받지 못하는 것 같습니다. 금세기와 앞으로의 경제와 관련된 인도의 정치적 비전은 다음 기사에서 다룰 구조 개혁을 기반으로 해야 합니다. 가까운 장래에 인도 경제의 비전과 사명을 정치적 틀을 통한 구조 개혁의 아이디어로 이해하는 것입니다.

인도의 지속 가능한 브랜딩에 필요한 정치 지형 및 개혁 분석

인도의 정치 구조에 대한 아이디어는 권력 구조와 관련된 시스템을 이해하는 데 중요합니다. 논문 제목에서 알 수 있듯이 정치의 개념은 권력 구조와 상호 연관되어 있습니다. 인도의 세계적인 열망은 민주주의 구조의 세계적 수용에 있지만 몇 가지 질문이 제기되었습니다. 인도의 정치 개념은 여전히 정치 기계를 지배하고있는 인도의 소외 및 계층 적 권력 구조와 직접적인 관련이 있습니다 *(Bose and Jalal, 2009).* 인도의 정치에 대한 생각은 동양과 서양의 혼성화가 혼합된 것으로 보이며 둘 다 제대로 형성되지 않는 것 같습니다. 인도의 이상한 정치 경제 시나리오를 초래하는 영국 Raj 경제학의 개념은 인도의 영국 이전 Raj 의 봉건 제도가 서부 인도의 적응 된 정치 체제로 변모하면서 오늘날에도 계속되고 있습니다. 종교 문제, 인도 정치의 기반이 된 카스트 분열은 정치 측면에서 인도 사회를 발전시켜 온 많은 권력 구조를 가지고 있으며, 이것이 시간이 지남에 따라 인도의 이미지가 떠오른 방식입니다. 인도 정치가 민주주의를 기반으로 구성된 것은 사실이지만 인도 정치의 침투는 카스트, 종교의 구조에서 비롯됩니다. 인도의 권력과 정치는 또한 사업에 대한 아이디어를 주도합니다. 인도에서의 사업은 대부분 인도의 정치 체제의 장벽을 허물고 있는 특정 최초 기업가들과 함께 가족 기반이었습니다. 늦게까지 인도에서 가장 강력한 권력 구조 인 인도의 정치와 관료주의의 연계가 인도 정치의 중심 초점 인 것처럼 보입니다 (*Jenkins, Kennedy and Mukhopadhyay 2012*). 인도는 세속주의의 역학이 인도의 역사적 전통이 2천년 동안 세워진 주요 현실과 양립 할 수없는 몇 가지 정치적 요점을 가진 아이디어입니다. 인도가 지난 70년 동안 부과되고 채택된 서구 전통에 따라 국가의 이미지를 묘사해 온 것은 사실입니다. 인도에 대한 생각은 진화해 왔으며 일정 기간 동안 정치도 발전해 왔습니다. 그러나 정치의 기본 교리는 카스트와 종교뿐만 아니라 지역주의를 중심으로 기능해 왔습니다. 그 중 가장 최근의 것은 아요디아 (Ayodhya) 또는 무슬림 종파주의의 오래된 정치에서 벗어나 NRC (National Registry of Citizens)의 형태로 변형되었습니다. 전국에 뻗어 있는 인도의 레드 벨트에서 소외되고 폭력적인 반란을 일으킨 것은 말할 것도 없고, 인도의 정치를 주도하는 더 큰 캔버스에서 인도의 탈퇴 정치 운동은 말할 것도 없습니다. 70 년 이상의 인도 브랜딩의 사명은 주로 인도 정치의 불협화음에서 비롯되었습니다 *(Mukerjee, 2007).* 인도 정치의 만화경은 인도가 민주적 정치의 의미에서 어떻게 보아야하는지에 대한 접근 방식을 결정합니다.

의료 관광을 통한 인도 브랜딩 아이디어 추진

인도에서의 브랜딩에 대한 아이디어는 사람, 빈곤, 오염, 인구 및 도덕적 설교에 대한 아이디어로 넘어갔습니다. 인도가 식민 통치에서 독립한 후 시간의 흐름과 함께 근대 민족 국가로 부상한다는 생각은 인도와 같은 오래된 문명의 장에서 확실히 새로운 잎사귀를 만들었습니다. 인도는 우리가 일반적으로 제 3 세계주의라고 부르는 민족 국가 체제 하에서 새로 형성된 국가의 전형적인 문제로 고통받는 매우 새로운 민족 국가라고 합니다. 그러나 다양한 복잡성을 가진 국가에서 독특한 헌법의 원칙에 따라 설립 된 국가 (*Fernandes,*

2004). 그러나 제 3 세계에 대한 생각은 접근 방식이 너무 환원 주의적이며 너무 진부하게 논의되어 개인적으로 의료 관광과 관련된이 장이 같은 함정에 빠지기를 원하지 않습니다. 이 장은 인도에 고유한 정신이 있는 경우 인도를 정의하는 것이 무엇인지 이해하는 것에 관한 것입니다. 그러나 다양한 복잡성을 가진 국가에서 독특한 헌법의 원칙에 따라 설립 된 국가. 그 문맹에 덧붙이자면, 무너진 교육 시스템과 시민에 대한 정치인의 책임은 우리나라의 불타는 문제입니다. 그러나 문제가 무엇인지 모르는 것은 아닙니다. 책임은 밝은 곳을 이해하는 데 있으며 인도 사회는 그렇게 할 책임을 받아들일 준비가 되어 있습니다. 인구 기준으로 세계 최대의 민주주의 국가에서 값싼 의료 관광에 대한 아이디어는 분명히 많은 의문을 제기했지만 모든 질문과 도전에도 불구하고 살아 남았습니다. 그러나 의료의 질에 대한 매개 변수, 부패없는 사회를 찾는 수십억 명 이상의 사람들의 기대, 서구 표준을 반드시 따르지 않는 진정으로 독특한 의료 행위에 대한 새로운 아이디어는 독립 후 70 년 동안 인도 사람들에게

진정한 거래 일 수 있습니다. 인도 민주주의의 기둥을 만든 인도 헌법의 아버지는 인도가 필요로 하는 것이 무엇인지에 대한 선견지명을 가지고 있었습니다. 진정한 독립을 위해 먼저 형평성을 사회에 도입하는 방정식과 관련하여 유보라는 개념이 도입되었습니다. 동일한 시나리오가 투표 은행 정치의 아이디어로 촉발되었지만 인구 통계와 예약의 혜택의 범위는 아직 매우 학문적 관점에서 완전히 이해되거나 답변되지 않았습니다. 분단의 고통, 다양성에 대한 생각, 모든 사람들에게 실제로 영향을 미치는 인도 독립 문제는 인도의 권력과 정치에 대한 생각을 이끄는 것입니다. 키워드와 함께 추가된 것은 인도 사람들의 역동성입니다. 그러나 이 장에서는 의료 관광을 통한 인도 브랜딩을 다룹니다. 헤아릴 수 없는 빈곤의 문제는 슬프게도 부패와 얽혀 있는 민주주의를 통해 제거되어야 합니다. 이 모든 가운데 인도는 의료 시스템에 어려움이 있음에도 불구하고 역설적이게도 서구보다 훨씬 저렴한 비용으로 세계 최고의 의료 센터를 보유한 목적지로 떠올랐습니다. 인도의 도덕적 정직에 대한 설교는 국가의 역동성이 국민의 기대에 실제로 공명할 때만 반향을 일으켰습니다. 움푹 들어간 곳, 오염 및 부패한 공공 기관에 대한 오래된 이야기가 아닙니다. 그것은 다시 책임의 역학과 의료 관광을 통한 독특한 지위에 대한 아이디어를 방정식에 가져옵니다. 인도는 우리 시대의 역동적 인 성격에 대한 끊임없이 변화하는 기대에 대한 아이디어를 바탕으로 의료 인프라, 법률 및 사회 복지를 포함한 의료 관광과 관련된 정책으로 성장해 온 모든 장애물에 대해 민간 의료 부문의 재능있는 의료 풀뿐만 아니라 독특한 의료 관행을 통해 강점을 활용 해 왔습니다. 인도의 인구 통계 학적 배당금은 적절한 노동력으로 전환되지 않는 한 심각한 문제가 될 수 있습니다 (*Khodabakhshi, 2011).*

도처에 있는 수많은 알려지지 않은, 인정받지 못한, 이름 없는 영웅들의 어깨 위에서 일하고 있는 인도에 대한 아이디어. 인도의 전력 예측에 대한 이해에 관해서는 먼저 무역부터 시작하겠습니다. 무역의 개념은 이해하는 것이 가장 중요하며 그것이 한 국가의 정치 경제에 어떤 영향을 미치는지 이해하는 것이 가장 중요합니다. 인도는 현재 GDP 상위 7 위 안에 들며 5 위에서 7 위 사이를 오가며 2025-2030 년까지 상위 3 위 안에 드는 것을 목표로 하고 있습니다. 그러나 가장 중요한 질문은 인도가 경제력을 어디에 투영해야 하는지, 어떻게 할 수 있었는지입니다. 국제 포럼에서 인도의 로비 문제에 관해서는 더 이상 비밀이 아니라 모디 총리가 인도가 투자 결정을 내리도록 하는 데 치열한 캠페인을 벌이는 가운데 국제 포럼에 참석했다는 것은 매우 확립된 사실입니다. 인도는 세계에서 가장 빠르게 성장하는 경제를 달성했지만 실제로 경제를 갉아먹는 인도의 무역에 대한 주요 질문이 가장 중요합니다. 인도의 의료 관광 배당금은 적절한 노동력으로 전환되는 심각한 힘이 될 수 있습니다. 그러나 인도는 다른 경제 형태의 단순한 노동이 아니라 숙련 된 자원의 전체 론적 국가로서의 이미지를 얻으려고 노력해야합니다 *(Harish, 2010).* 현재 인도의 정치 상황은 정치 경제 강화와 관련된 인도의 새로운 법률 제정에 초점을 맞추고 있습니다. 여기에는 새로 도입된 파산법, 오래된 인도 경제 결핍의 족쇄를 깨기 위한 노동법 개혁이 포함됩니다. 그러나 인도 경제가 국가의 의료 관광 산업을 숙련시켜야하는 원시를 갖는 것이 매우 중요합니다. 인도의 의료 관광에 대해 말하자면, 인도는 방글라데시, 스릴 랑카와 같은 이웃 국가와 영국과 같은 서방 국가에서 가장 많은 환자를받습니다. 안타깝게도 인도는 상업화되고 교육을 빈곤에서 벗어나기 위한 관문으로 사용하는 교육을 기반으로 합니다. 인도는 거대한 엔지니어와 과학자 풀을 보유하고 있지만 세계 의학 표준에 필요한 품질과 연구 작업도 달성하고 있습니다. 이것은 인도의 다국적 기업에 대한 질문으로 이어지며, 인도는 국내 기업 주택과는 별도로 인도에 투자하고 있습니다. 연구 기반의 혁신 센터는 방갈로르의 Airbus, [VIVO, OPPO 등]과 같은 중국 기업 및 기타 여러 기업을 내놓았습니다. 그러나 인도는 다른 경제 형태의 단순한 노동이 아닌 숙련된 자원의 전체론적 국가로서의 이미지를 얻으려고 노력하는 데 초점을 맞춰야 합니다. 특히 아유르베다(Ayurveda)가 있는 케랄라(Kerala) 지역의 의료 관광은 전 세계에 도달했습니다. 네이마르 주니어와 같은 축구 스타들도 FIFA 월드컵에서 생명을 위협하는 부상을 입은 후 치료를 위해 케랄라에 왔습니다. 인도를 단순한 조립 및 노동력 풀로 보는 것도 중요하지만 산업 혁명 4.0 으로 알려진 현대 산업 혁명의 사용으로 보완된다면 중요합니다. 개발 도상국에서 유입되는 성장 동력은 아시아가 동아시아에서 시작하여 동남아시아로 이동했으며 물론 중국과 인도가 두 개의 거인으로 이동했습니다. 그러나 인도는 서비스 지향 경제가 국가를 주도하고 성장하는 경제로 예상된다는 점에서 독특하지만 얼마나 오래됩니까? 인도의 정치는 여전히 카스트 분열로 고통 받고 있는데, 그럼에도 불구하고 오랜 세월의 사회 경제적 현상이며 정치와 권력 투쟁이 개발과 관련이있는 국내 지향 과정의 내부 정책을 조정하는 데 많은 시간이 걸릴 것입니다 *(Mooij, 1998).* 인도가 주기적인 경기 침체로 어려움을 겪은 곳은 당연하지만 투자 사이클이 시작되는 곳입니다. 이 시나리오에서 소상, 소상, 중견 기업의 일부인 인도의 소액 무역 단위는 대규모 투자의 초점이 되어야 합니다. 그러나 그 뿐만 아니라 거대한 투자 부문에 들어갈 수 있는 산업으로서의 의료 관광도 간과할 수 없습니다. 특히 인도를 주요 투자 목적지로 브랜딩하는 경우. 이는 Amazon, Uber 등을 통해 일어나고 있으며 인도의 경제적 열망에도 매우 중요하기 때문에 연구 단위에 대한 투자에 중점을 두고 있습니다. 인도는 국가 브랜딩에 대한 아이디어를 추진해야 하지만 이미 몇 가지 허점이 존재하는 곳에서는 불가능합니다. 경제 성장은 바닥과 삶의 질로 스며들 필요가 있습니다. 여기서 문제는 정치와 정책 측면에서 권력 투사입니다. 이 장은 의료 관광과 관련이 있기 때문에 그 역학을 이해하는 것이 중요하고 다차원적입니다. 인도의 정치는 여전히 카스트 분열로 고통 받고 있으며, 그럼에도 불구하고 오랜 세월의 사회 경제적 현상이며 정치와 권력 싸움이 발전과 관련된 국내 지향 과정의 내부 정책을 조정하는 데 많은 시간이 걸릴 것입니다. 투자를 포함한 인도의 무역 정책의 관점에서 볼 때 인도는 국내 산업을 보호했지만 동시에 IT, 제약 등을 제외한 세계 시장에서 경쟁력을 갖추지 못한 것으로 나타났습니다. 인도의 의류 및 섬유 산업 상황은 중소기업 유화 정치가 수출 지향 정책의 현대화에 대한 더 큰 그림에 대한 이해를 이어 받았다는 사실에 대한 분명한 증거입니다. 따라서 정치 경제 측면에서 인도의 정책 결정이 세계적인 열망과 일치하는 것이 매우 중요합니다. 인도 경제는 여러 가지 복잡성과 도전에 적응할 뿐만 아니라 인도의 정치에 대한 생각은 여전히 시골이고 본질적으로 더 퇴행적인 것처럼 보입니다. 인도의 기술 개발, 인공 지능 사용 및 경제 매개변수 개발에 대한 아이디어는 인도에서 정책 지향적인 정치에 가깝습니다. 정부나 인물의 단순한 수사학이 인도에 그렇게 큰 도움이 되지 않는다는 것을 이해해야 할 때일 수 있습니다. 정부나 인물의 단순한 수사학이 인도에 그다지 좋지 않다는 것을 이해해야 할 때일 수 있습니다 *(Brass, 2004)*. 인도의 정치 경제는 점차 시골에서 도시적인 접근 방식으로 이동하고 있습니다. 그러나 본질적으로 양자적으로 보일 수 있지만 다가오는 미래에 치명적일 수 있는 더 깊은 격차를 남겼을 수 있는 몇 가지 도약이 있었습니다. 따라서 인도의 정치 경제에 대한 아이디어는 아마도 인도 정치에서 만들어진 인도의 브랜드 이미지가 바뀌어야한다는 것입니다. 서벵골과 케랄라와 같은 특정 주의 정치는 사회경제적 매개변수의 시작과 함께 매우 농업적인 모델을 가지고 있었습니다. 그러나 이들은 각각 방글라데시와 걸프만에서 많은 의료 환자를 얻는 동일한 주입니다. 카르나타카, 마하라슈트라, 펀자브, 하리아나, 라자스탄, 구자라트는 훨씬 더 까다로운 카스트 정치뿐만 아니라 농업으로 둘러싸인 산업 벨트를 가지고 있습니다. 그러나 이러한 장소에는 세계적 수준의 민간 의료기관도 개발되었습니다. 따라서 인도의 정치 경제에 대한 아이디어는 각 주마다 고유 한 의제가있는 경우 다양합니다. 국가 권력 투영의 전반적인 의미에서 복잡해지고 인도에서 의료 관광 브랜딩 정책에 대한 보편적인 아이디어를 만드는 것은 복잡해집니다. 독립 당시부터 현재에 이르기까지의 질문은 다양성의 독창성을 통해 어떻게 획일성이 될 수 있는지에 대한 이해에 근거합니다. 인도의 빈곤은 물질주의적 개념에서 수세기 동안 존재해 왔지만 인도의 정치 경제는 이제 하이브리드 형태의 수용을 가지고 있습니다*(Varshney, 2000).* 인도 선거는 정치와 권력의 뿌리가 인도 경제에서 어떻게 시작되는지를 보여주는 전형적인 예입니다. 그것은 인도 경제의 성장에 가슴을 두드리는 인도 정치계에 대한 질문으로 우리를 인도하지만 시간이 지남에 따라 인도에서 성장하는 틈새 의료 관광과 연결될 수 있습니다.

인도의 성장 지속 가능성에 대한 질문 : 인도에서 가장 큰 문제는 인도의 부의 분배에 큰 불균형이 있다는 것이며, 이는 확실히 성장에 대한 이해에 큰 의문을 제기합니다. 지난 70년 동안 인도의 성장은 헌법 복지와 빈곤에 대한 생각에도 불구하고 인도의 정치는 여전히 만성 빈곤의 핵심에 부딪치지 못했습니다. 그것은 인도가 사람들을 빈곤에서 벗어나지 않았다는 것을 의미하지는 않지만, 그 사람들은 그 수가 빈약하고 중산층을 포함한 고급 사람들이 아니라 과장된 인도의 "전형적인 중산층"부문의 덩어리를 형성합니다. 인도의 빈곤은 수세기 동안 물질주의적 개념에서 비롯되어 왔지만 이제 인도의 정치 경제는 하이브리드 형태를 취하고 있습니다. 빈민가의 도시 빈곤으로 과중한 도시는 소외, 빈민가, 카스트 편견 *(Aghion and Bolton, 1997)*의 개념을 가져 오는 정치의 싸움이었습니다. 하나는 인도의 시골 지역과 경제적으로 박탈된 지역에서 이주한 사람들이 있는 도시 빈곤의 정치입니다. 도전은 일정 기간 동안 계속 성장하기 때문에 여기에 있습니다. 빈민가의 도시 빈곤으로 과중한 부담을 안고 있는 도시는 소외, 빈민가화, 카스트 편견의 개념을 가져오는 정치의 싸움이었습니다. 이것은 인도의 성장에 대한 아이디어가 인도 경제의 도전과 그와 관련된 정치적 각도 속에서 인간의 삶의 발전으로 전환되어야 할 곳입니다. 그러나 이미 언급했듯이 인도는 하이브리드 구조를 가지고 있습니다. 그런 다음 양질의 라이프 스타일에 대한 열망과 관련된 도시 도전 자체에 대한 질문이 제기됩니다. 인도 도시는 안전 예방 조치의 부족, 배수 문제로 인한 비 홍수, 그리고 가장 중요한 것은 악명 높은 인도의 교통 체증과 도시의 혼잡으로 인해 항상 화재의 최전선에 있었습니다. 마찬가지로 Devi Shetty 박사의 Narayana Hrudalaya 와 같은 세계적 수준의 시설은 저렴한 세계적 수준의 의료 서비스의 역학을 변화 시켰습니다. 인도뿐만 아니라 전 세계적으로 의료 경제성 문제가 제기되고 있지만 아직 인도의 주류 정치에서는 그렇지 않습니다. 그러나 이는 품질 및 개발 표준 측면에서 심각하게 개선되는 국가로 마크를 만드는 데 매우 중요한 품질 매개 변수입니다. 영국 Raj 식민지 시대의 시스템은 인도와 정치 경제 시스템 *(Tilak, 2007)*에 대한 동양-서양 혼성화로 더 많이 바뀌었다. 인도 정치 대다수의 봉건적 사고 방식은 더 빨리 바뀌어야 합니다. 빈곤의 정치는 일정하게 유지되지만 Roti, Kapda aur Makaan(음식, 의복 및 쉼터)에서 교육, 기술 개발, 그리고 가장 중요한 것은 현재 핵심 초점인 인도의 고용 문제로 의미와 열망이 바뀌었습니다. 그러나 인도의 정치와 세계 권력에 대한 열망은 농촌 경제에 대한 더 큰 그림 없이는 불완전합니다. 도시화는 빠르지만 여전히 농업 경제를 가지고 있고 농촌 지역의 사람들은 여전히 카스트, 낮은 삶의 질(미니멀리즘 또는 소비주의 개선을 제외하고)의 뿌리 깊은 문제로 인해 삭감되어 있지만 건강, 전기 및 교육과 같은 양질의 삶을 위한 기본 측면에 대한 접근을 포함합니다. 인도 경제는 이제 인도 경제의 디지털화뿐만 아니라 화폐 화폐화를 통해 인도를 재화폐화하는 정치와 정책을 포함하는 새로운 방향으로 나아가려고 노력하고 있습니다. 가장 중요한 것은 비판을 받았음에도 불구하고 은행 계좌에 대한 아이디어가 전체 인구에 대한 접근도 훌륭한 단계라는 것입니다. 인도 경제는 인도 헌법에 명시된 복지 국가의 성취에 대한 이해와 관련하여 먼 길을 왔습니다. 물론 여전히 봉건적인 부패와 권력 구조로 인해 훼손된 공공 서비스의 라스트 마일 분배와 관련된 수많은 도전이 있습니다. 영국 Raj 식민지 시대의 시스템은 인도와 정치 경제 시스템에서 동양-서양 혼성화로 더 많이 바뀌었습니다. 카스트 제도와 인도의 단일 규모에 대한 아이디어는 국가 의회가 시정되어야 함에도 불구하고 중앙이 재정을 장악하고 있다는 점에서 모두 적합합니다. 인도는 세계적인 역할을 열망하고 있을지 모르지만 여러 국가의 일부 지표는 사하라 사막 이남의 아프리카와 비교해도 암울합니다. 이들 주가 중앙에 통합되고 공공 재정에 대한 자율성과 책임을 제공한다는 아이디어는 매우 중요합니다. 비하르(Bihar), 우타르프라데시(Uttar-Pradesh)와 같은 주에서는 하층 카스트에 대한 기본적인 편의 시설과 인간 존엄성이 여전히 의심되는 카스트 계층에서 들어오는 심각한 권력 로비가 있습니다. 인도는 소득 격차가 큰 후 비교적 평온함을 유지했음에도 불구하고 민주적 안전 밸브가 여전히 중요하다고 생각하기 때문에 정말 놀랍**습니다 *(Demetriades and Luintel, 1996)*.** 그러나 인도의 정치 경제와 인도의 소외된 부분, 낙살주의의 사회 경제적 문제에 대해 말하면, 경제적 번영과 관련된 지역주의 및 인도의 국가 간 이주 통제는 매우 심각한 도전 중 일부입니다. 인도의 정치는 이러한 문제를 국가 차원의 정치에 거의 도달하지 못하는 심사 수준으로 전개됩니다. 지난 몇 년 동안 국가 전선에서 농업 정책 개편, 산업 및 노동법 개혁,

세금 준수 및 부실 자산 감소 및 국방 예산 책정이 인도 정치의 각광을 받았습니다. 이것은 미시적 관점과 거시적 관점 모두에서 한 국가의 국내 경제 정책 구축의 핵심 요소입니다. 그러나 교육, 기술 개발, 의료 인프라 및 공공 편의 시설 개선과 같은 뿌리 깊은 문제는 이러한 모든 요소가 혼합되어 혼란스러워 보입니다. 인도는 BRICS 동료들 사이에서도 교육 및 보건에 대한 GDP 지출이 매우 낮으며, 이는 특정 건강 지표에서 개선을 보였음에도 불구하고 여전히 다른 많은 건강 분야에서 뒤쳐져 있음에도 불구하고 부끄러운 일입니다 *(Bosworth and Collins, 2008)*. 의사 부족, 아동 사망률 등은 하위 주에만 갇혀 있고 주 수준으로만 이월될 수 있는 인도 주류 정치의 각광을 받지 못하는 것 같습니다. 금세기와 앞으로의 경제와 관련된 인도의 정치적 비전은 다음 장에서 다룰 구조 개혁을 기반으로 해야 합니다. 의료 관광을 통해 가까운 장래에 인도 경제의 비전과 사명을 이해하는 것입니다.

의료 관광과 관련된 정치와 권력 : 인도의 정치 구조에 대한 아이디어는 권력 구조와 관련된 시스템을 이해하는 데 중요합니다. 논문 제목에서 알 수 있듯이 인도의 의료 관광에 대한 아이디어는 권력 구조 및 정치와 상호 관련되어 있습니다. 인도의 세계적인 열망은 민주적 구조와 권력 투영에 대한 세계적인 수용에 있지만 위에서 언급한 바와 같이 여러 영역에서 몇 가지 질문이 제기되었습니다. 인도의 정치 개념은 여전히 정치 기계를 지배하고있는 인도의 소외 및 계층 적 권력 구조와 직접적인 관련이 있습니다 *(Bose and Jalal, 2009).* 인도의 정치 개념은 여전히 정치 기계를 지배하고 있는 인도의 소외 및 위계적 권력 구조와 직접적인 관련이 있습니다. 인도의 정치에 대한 생각은 동양과 서양의 혼성화가 혼합된 것으로 보이며 둘 다 제대로 형성되지 않는 것 같습니다. 인도의 이상한 정치 경제 시나리오를 초래하는 영국 Raj 경제의 개념은 인도의 영국 이전 Raj 의 봉건 제도가 서구-인도 적응 종류의 정치 체제로 변모하면서 오늘날에도 계속되고 있습니다. 종교 문제, 인도 정치의 기반이 된 카스트 분열은 정치 측면에서 인도 사회를 발전시켜 온 많은 권력 구조를 가지고 있으며, 이것이 시간이 지남에 따라 인도의 이미지가 떠오른 방식입니다. 인도 정치가 민주주의를 기반으로 구성된 것은 사실이지만 인도 정치의 침투는 카스트, 종교의 구조에서 비롯됩니다. 인도의 권력과 정치는 또한 사업에 대한 아이디어를 주도합니다. 인도에서의 사업은 대부분 인도의 정치 체제의 장벽을 허물고 있는 특정 최초 기업가들과 함께 가족 기반이었습니다. 최근 인도에서 가장 강력한 권력 구조인 인도의 정치와 관료제의 연계가 인도 정치의 중심 초점인 것처럼 보이는 것은 사실입니다. 인도는 세속주의의 역학이 인도의 역사적 전통이 2천년 동안 세워진 주요 현실과 양립 할 수없는 몇 가지 정치적 요점을 가진 아이디어입니다. 인도가 지난 70년 동안 부과되고 채택된 서구 전통에 따라 국가의 이미지를 묘사해 온 것은 사실입니다. 인도에 대한 생각은 진화해 왔으며 일정 기간 동안 정치도 발전해 왔습니다. 그러나 정치의 기본 교리는 카스트와 종교뿐만 아니라 지역주의를 중심으로 기능해 왔습니다. 그 중 가장 최근의 것은 아요디아 (Ayodhya) 또는 무슬림 종파주의의 오래된 정치에서 벗어나 NRC (National Registry of Citizens)의 형태로 변형되었습니다. 늦게까지 인도에서 가장 강력한 권력 구조 인 인도의 정치와 관료주의의 연계가 인도 정치의 중심 초점 인 것처럼 보입니다 *(Jenkins, Kennedy and Mukhopadhyay 2012)* . 말할 것도 없이, 인도의 중부에서 동부까지 뻗어 있는 인도의 레드 벨트에서 낙살스의 소외되고 폭력적인 반란과 카슈미르와 북동부의 탈퇴 운동은 더 큰 캔버스에서 인도의 정치를 완성합니다. 이제 이것이 인도의 정치를 주도하고 현재까지 인도의 경제 및 사회 틀과 관련된 인도의 권력 구조를 이어가는 것입니다. 마찬가지로, 의료 관광의 경우 병원 입원, 혈액 은행 접근 및 최근까지 대리모 형태의 의료 관광의 부수적 인 형태와 관련된 정치 및 권력 구조 기능의 연계입니다. 그렇기 때문에 전체 장이 의료 관광의 핵심 역학에 초점을 맞추지 않았습니다. 이 장은 의료 관광의 핵심 아이디어와 인도의 국가 브랜딩에 대한 아이디어를 우회하는 많은 관점에서 나아갔습니다. 인도는 세계적 수준의 의료 인프라에 접근할 수 있는 유일한 국가 중 하나이기 때문에 이미 설명했듯이 양질의 의료 서비스에 접근한다는 아이디어에는 많은 핵심 권력 구조와 정치가 관련되어 있습니다. 인도는 의료 관광을 소프트 파워 프로젝션으로 사용하고 국가를 브랜드화하기 위해 사용해 왔습니다. 정치적, 경제적, 사회적 요인에 대한 아이디어는 의료 관광의 관점과 인도에서 의료 관광으로 이어지는 전반적인 부수적 요인을 다루기 위해 다루어졌습니다. 인도의 의료 관광과 브랜딩 형평성을 연관시키는 아이디어는 전체적으로 결정됩니다. 70년 이상의 인도 브랜딩의 사명은 주로 인도 정치의 불협화음에서 비롯되었습니다 *(Mukerjee, 2007).*

인도는 오늘날 우리가 알고 있는 정치적 영토를 갖기 전에 많은 사람들이 집단 의식 속에 있었다고 주장하는 광활한 땅입니다. 이런 식으로 인도는 문화의 만화경에서 태어난 아이입니다. 이와 관련하여 인도는 말 그대로 모든 문명의 어머니라고 할 수 있으며 여기서 우리는 인더스 계곡 문명에 대해서만 이야기하는 것이 아닙니다. 최근의 발견은 어떤 드라비다 문명이 인더스 계곡보다 앞섰음을 시사한다. 이와 관련하여 우리가 식민지 수치심을 짊어지고 있다고 처음부터 분명히 합시다! 그것은 나에게 완전한 쓰레기입니다. 맹목적인 징고이스트로서 이 말을 하는 것은 아니지만, 오늘날 인도가 무엇인지, 어떻게 태어났는지에 대한 상식을 적용하더라도 같은 반응이 나올 것입니다. 인도는 식민화 때문이 아니라 식민화의 최종 결과로 태어났습니다. 이 책의 서두에 글을 쓰기 시작하면서 나는 인도가 광활한 집단성의 바다라고 언급했다. 이것은 인도에 대해 글을 쓰는 동안 다른 학자들도 언급했습니다. 인도를 모든 문명의 어머니라고 부르는 것에 관해서는 이것에 대해 나를 공격하려는 많은 사람들이있을 수 있습니다. 잠깐만 기다리세요. 실제로, 수메르, 메소포타미아 문명이 인더스 계곡보다 더 오래된 것으로 추정되는 티그리스-유프라테스 강 유역 외에 바빌로니아 민족의 집단적 개념에 따라 나란히 등장했습니다. 그러나 내가 언급했듯이 인도 남부의 특정 드라비다 문명은 드라비드라는 이름이 인도 반도에 속해야 함을 지칭하는 데 사용되기 때문에 실제로 명확해집니다. 그래서 우리는 인도가 오늘날 우리가 인도라고 부르는 땅과 그 너머까지 같은 시기에 수렴하고 갈라지는 수많은 문명을 가지고 있다는 것입니다. 이것은 일반적으로 세계 역사에서 이야기되는 다른 오래된 문명의 경우는 그렇지 않습니다. 여기에는 중국, 이집트, 중미 등이 포함됩니다. 인도의 영향력이 실제로 세계에 있지만 프랑스, 독일, 이탈리아, 스페인 등과 같은 국가만큼 세계에는 없다고 말하는 사람들이 많이 있습니다. 나는 개인적으로 유럽 국가들을 존경하지만 나중에 올 세계에서 인도의 영향력에 답할 때. 그 전에 우리는 먼저 인도가 왜 그토록 혼돈이고 명확한 문화 질서가 없고 실제로는 문화의 만화경이 있는 문화적 무정부 상태인지에 대해 대답해야 합니다. 인도에서, 인도 밖에서는 인도가 어떻게, 왜, 무엇을, 어디에서 정의되는지에 대해 이야기하는 책이 너무 많습니다. 인도는 간단하고 짧은 용어로 사람들이 원하는대로 이해하고 설명 할 수 있습니다. 고대부터 과거로부터 오늘날의 인도를 만들고 변형시킨 것은 인도의 매우 유동적인 특성입니다. 바라트(Bharat), 잠부드위파(Jambudwipa), 인더스(Indus) 또는 인도(India)라는 이름이 무엇이든 간에 인도에 의해 쌓이고 바다처럼 돌아온 문화적 채찍질의 물결이 너무 많았습니다. 이런 식으로 국경 없는 시대부터 현재 국경 세계에 이르기까지 원주민과 소위 이민자의 혼합은 인도가 왜 그리고 어떻게 만들어졌는지에 대한 지속적인 진화입니다. 인도는 언어적 정체성을 기반으로 많은 문화가 확립된 나라입니다. 이것이 인도의 국가가 형성된 방식이며, 이는 아마도 세계 어느 곳에서도 언어를 기반으로 만들어진 국가 또는 국가 내에서 국가를 찾을 수 없기 때문에 세계에서 유일합니다. 유일한 비유는 언어적 정체성과 자부심을 바탕으로 자신의 주권적 존재를 조각한 유럽 국가일 것입니다. 언어적 자부심과 정체성에 대해 말하자면, 여러 가지 이유로 미움을 받고 현대에 인도의 일부가 아니기를 바랐던 국가인 비하르부터 시작하겠습니다. 그러나 인도의 역사는 비하르와 영광스러운 과거에 대한 논의 없이는 불완전합니다. 비하르가 인도의 일부가 아니었다면?! 이것은 특히 비하르가 너무 후진적이고 뒤쳐져 있기 때문에 비하르를 제거하려는 오늘날 많은 인도인들에게 적용되는 질문일 수 있습니다. 그러나 진짜 질문은 오늘날 비하르가 어디에서 유래했는가 하는 것입니다. 찬드라굽타 마우리아(Chandragupta Maurya) 또는 굽타 제국(Gupta Empire)의 통치는 모두 오늘날 우리가 알고 있는 비하르 주에 세워졌습니다. 16개의 마하자나파다에서 현대 비하르 주까지 비하르의 기원은 인도의 역사를 볼 때 매우 놀라운 여정이었습니다. 오늘날 비하르는 논란과 많은 빈곤 관련 어려움에 휩싸인 주입니다. 그러나 국가를 바라볼 때 국가의 영광스러운 과거와 인도의 유산과 유산을 창출하는 데 있어 국가의 역할을 잊을 수 있습니다. 마우리아 왕조의 통치와 Nalanda, Taxila 및 Vikramshila의 형태로 인도에서 가장 오래된 대학 중 하나의 창설은 모두 역사에 기록되어 있습니다. 우리가 그것을 알아 내고자 할 때 인도의 정체성은 항상 인도가 어땠는지에 대한 질문으로 이어집니다. 오늘날 비하르의 문제에서 그것은 벵골과 오디샤에서 분리된 언어 기반 국가일 뿐입니다. 그러나 인도의 역사에서 비하르의 역할은 오늘날 국가의 슬픈 이야기를 넘어서 추적되어야 합니다. 비하르에서 온 이주 노동자들은 아주 오랫동안 인도 안팎으로 그리고 해외로 이주해 왔습니다. 따라서 오늘날 비하르의 상태와 그 문화적 영향은 현대만으로는 측정할 수 없습니다. 비하르가 어떻게 변했는지, 특히 영국인의 식민 통치가 국가를 완전히 변화시키는 데 미치는 영향을 이해해야 합니다. 비하르는 한때 문화와 예술의 최전선에 있었지만 오늘날 현대 사회 지표에서 뒤쳐져 있습니다. 비하르의 정치 체제가 국민의 기대에 부응하지 못했기 때문에 이것은 연결될 필요가 있습니다. 카스트 제도와 봉건적 사고방식을 포함하는 과거의 악덕이 남아 있습니다. 그러나 과거 비하르의 역할에는 탐구 정신에 대한 가장 위대한 수학자들이 포함됩니다. 비하르 주가 붕괴되기 시작하면서 무슨 일이 일어 났는지에 대한 의문이 제기되지만. 위에서 이미 언급했듯이 대답은 정치 체제와 현대 교육의 흐름이 부족하다는 것입니다. 이것들은 오늘날 비하르를 후진성의 위기에 빠뜨린 현대적 요구에 보조를 맞추지 못하는 현대의 산업화 속도의 요인들입니다. 문화적 흐름은 국가를 이해하는 단순한 지점 중 하나라는 것을 기억해야합니다. 사람들과 앞으로 일하는 방식도 마찬가지입니다. 비하르는 한때 위대한 제국과 그들의 알려지지 않은 유산이 세워진 인도 문명의 교차로의 요람이었습니다. 독립과 직후 수십 년 동안 봉건적 사고방식에 얽매여 민주주의 원칙에 따라 스스로를 통치할 수 없는 국가 창설에 빠져 있었지만, 한때 그 국가 자체에 존재했던 서구는 아니었지만. 비하르 사람들은 인도의 많은 지역에서 미움을 받으며 싸웠지만 회복력으로 인해 많은 인도 사람들에게 존경을 받았습니다. 이것은 교육의 역할과 현대적 사고 과정이 강조되어야 하는 곳이며, 격동의 세월이 지난 후 마침내 비하르에 있게 되었습니다. 비하르의 현 시대의 통치는 인도의 영혼처럼 소박하고 전통적인 관행이 아직 국가에서 완전히 사라지지 않았지만 많은 진보적 정책에 착수했습니다. 그래서 여기에 현대 인도가 과거에 뿌리를 둔 현대의 무정부 상태에 기반을 두고 있는 방법의 예가 있습니다. 문제는 문화가 우리의 현재를 어떻게 정의하는지에 대한 질문으로 귀결됩니다. 비하르의 예가 매우 큰 그림을 볼 때 유사하게 예로 언급되었듯이, 우리는 유럽인이 오늘날 우리가 알고 있는 인도 이전에 인도와 접촉한 하나의 큰 물결 중 하나일 뿐이라는 것을 잘 이해할 수 있습니다. 유럽 연합의 비유를 살펴보면 오늘날 인도는 유럽 연합과 마찬가지로 정체성의 집합체이며 *다양성 속의 통일* 이라는 모토는 인도의 형태로 만들어진 가장 위대한 다원적 국가 중 하나에서 구현되었다고 정의할 수 있습니다. 인도 아대륙의 문명이 5000년 이상 전에 존재했고 오늘날 우리가 얻은 것은 불과 75년 동안 존재했다는 것을 아는 사람들이 많이 있습니다. 따라서 문제는 항상 국가로서의 인도가 중앙 집권적 권력을 위한 극단적인 투쟁으로 인해 왔으며 인도 전체가 식민화되지 않았다는 말로 귀결됩니다. 이 글을 읽고 있는 사람들은 내가 미쳤다고 말할지 모르지만 인도가 식민화되었다는 논리에 따르면 유럽도 식민화되었고 1945년 이후에야 해방되었고 1990년대에 동독이 해방되었습니다. 일반적으로 사람들이 외국 땅이나 다른 곳에서 정착하는 것을 의미하는 식민지화의 정의에 따르면, 그 생각은 제국의 경향에 의해 바뀌었습니다. 이것이 인도, 아프리카, 라틴 아메리카 및 아시아에서만 일어나는 식민지화 논리에 결함이 있는 방식입니다. 책의 제목에서 알 수 있듯이 인도의 무정부 상태는 인도에서 권력이 와서 정착했고 우리가 식민지 수치의 짐을 짊어질 필요가 없기 때문입니다. 프랑스, 벨기에, 네덜란드 및 기타 여러 유럽 국가의 소위 선진국조차도 나치 독일에 의해 점령되었기 때문입니다. 그 당시 자유로웠던 잉글랜드는 바이킹과 앵글로 색슨족에 의해 압도되어 잉글랜드, 스코틀랜드 등의 정체성을 만들었습니다. 그래서 우리가 그런 식으로 본다면, 인도는 세계의 다른 어떤 나라나 강대국도 지금도 할 수 없었던 많은 언어와 문화를 가진 많은 사람들의 짐을 짊어지고 실현된 큰 아이디어였습니다. 대륙으로서의 유럽은 내가 가장 좋아하는 것이지만 유럽 연합을 정치적 영토의 힘으로 볼 때 더 적은 인력과 더 많은 자원을 가지고 있음에도 불구하고 여전히 분열되고 혼란스럽습니다. 일반적으로 우리 인디언들 사이에는 우리가 단결했다면 190 년 동안 단순한 회사의 통치를 받지 않았을 것이라는 추측이 있습니다. 글쎄요, 동인도는 기술적으로 100 년 동안 통치합니다. 또한 그들은 우리가 알고 있는 것처럼 실제로 인도 전체를 통치했습니다. 탐욕의 양에 따라 우리의 자원을 채찍질하는 유럽 강대국이 너무 많았습니다. 그들 이전에도 우리 자신의 봉건 제도는 인도의 다른 지역을 정복하고 약탈했습니다. 그러나 위대한 유럽 연합에 대한 생각은 여전히 꿈이며 오늘날에도 공통의 힘이나 외교 정책이 없습니다. 유럽연합(EU)에서 브렉시트(Brexit)를 탈퇴한 것은 문화적 주권에도 불구하고 통합될 수 없었던 국가들의 연합을 만드는 것을 보여주는 그러한 사건 중 하나입니다. 오늘날 비하르의 상황을 과거의 상황에서 언급하면 인도 국가가 이전에도 존재했지만 끊임없이 유동적이었고 물론 훨씬 더 산업적, 상업적 경쟁을 했던 유럽 국가보다 훨씬 더 유동적이었음을 알 수 있습니다. 인도에서도 그랬지만 훨씬 더 무질서했습니다. 중앙집권적 권력을 위한 싸움은 항상 있었던 반면, 유럽은 더 오랜 기간 동안 지역과 같은 독특한 문화에 묶여 있었습니다. 그것은 인도에서 일어났고, 그것은 우리를 인도의 서부와 남부와 그들의 문화적 독특함으로 인도합니다. 그 부분은 나중에 우리가 다른 문화를 탐구할 때 올 것입니다. 오늘날 우리가 알고 있는 인도는 여전히 만들어지고 있는 국가입니다. 오늘날 인도에서 볼 수 있는 예시를 통해 살펴보자. 이미 언급했듯이 인도는 단 한 세력도 점령하지 않았으며 원주민의 역사와 소위 외부 사람들이 어딘가에 잠겼습니다. 이것이 인도가 국가로서 독특한 이유입니다. 사실, 탈식민주의 프로젝트로 만든 많은 국가가 있었고 인도도 그 중 하나입니다. 그러나 인도는 국가가 만들어진 방식이 독특합니다. 국가로서의 인도는 브라질, 인도네시아, 파푸아 뉴기니 및 엄청난 민족적, 언어 적 다양성을 가진 아프리카 국가를 제외한 다른 식민지 국가와 달리 통일 된 문화적 모자이크를 만든다는 개념에 기반하여 형성되었습니다. 미국, 캐나다 및 현대 유럽 국가 다문화주의는 유기적으로 다문화가 아니기 때문에 계산되지 않습니다. 이것이 바로 인구와 문화적 다양성을 가진 인도가 최전선에 있는 이유입니다. 개인적으로 저는 문화적 다양성을 너무 좋아하지 않는 편협한 사람이지만 결국 인도인으로서 여전히 혼란스럽고 때로는 그곳에 있는 다양성에 자부심을 느낍니다. 사실, 인도는 인도뿐만 아니라 그 당시 국경이 정의되지 않았기 때문에 현대 인도의 전신으로서 세계 문제에 영향을 미쳤습니다. 국경으로 돌아와서, 그것은 내가 어디에서 시작했는지, 그것이 오늘날의 인도가 어떻게 다른지, 그리고 우리가 식민지 유산의 수치를 실제로 짊어지지 않는 이유, 오히려 우리 자신의 결함, 우리 조국의 우리 땅을 위해 흘린 용감한 피에 경의를 표하면서 더 나은 것을 만들 수 있는 기회, 우리를 위해 더 나은 것을 만들 수 있는 기회를 가지고 시스템을 발전시켰음을 상기시킵니다. 나는 그것을 선전과 징고주의적인 작품처럼 들리게 만들고 싶지 않지만, 오늘날과 심지어 우리의 민족 의식 부족을 비난해야 할 자원이 빨려 들어가고 약탈당하는 인도가 없었던 과거에도 우리는 함께 노력했습니다. 우리는 전설적인 Kohinoor 를 포기했지만 우리의 유산 자부심에 대해 말하는 Somnath 는 포기하지 않았습니다. 인디언들은 사악한 사티 제도가 사라지기 위해 싸웠지만, 우리는 이제 영국 Raj 가 자신의 분열과 통치 정책에서 조작한 오래된 도전 속에서 현대적 정체성을 구하기 위해 싸우고 있습니다. 그럼에도 불구하고 오늘날 인도는 실제로 인도를 만드는 데 도움을 주었다는 이론을 폭로하는 영국 Raj 의 일부가 아닌 국가로 구성되어 있습니다. 아무도 인도를 만들지 않았습니다. 그것은 오늘날의 현대적 형태 이전에 훨씬 더 넓은 창공과 유동적인 형태로만 존재했으며, 때로는 정치적인 어조와 "Akhand Bharat"(분열되지 않은 인도)에 대한 향수를 불러일으키는 민족주의적 느낌을 받습니다. 항상 인도를 무시했던 윈스턴 처칠은 우리에 대해 몇 가지 사실을 옳게 알고 있었는데, 특히 부패

부분은 그가 알려진 브리티시 불독이 한 가지를 제외하고는 도덕적으로 우월하다는 것이 아닙니다. 인도는 유럽과 아프리카의 일부 지역에 있는 경향을 발칸화하지 않았습니다. 내부 다툼과 문화의 무정부 상태에도 불구하고 우리 인도 연합은 하나로 동거하고 있으며, 퓨 설문 조사에 따르면 서로 가까이 놓여 있지만 용광로처럼 섞이고 싶지 않은 별도의 음식 그릇과 매우 흡사하다는 것을 발견했습니다. 그 결과는 특히 종교를 대상으로 했지만 우리 문화에서도 마찬가지였습니다. 인도는 고통스러운 분할을 겪었고 파키스탄과 방글라데시의 형태로 인도에서 파생된 것처럼 두 개의 혼란스러운 국가가 생겨났습니다. 이것은 인도가 남아시아이고 인도 아대륙으로 적절하게 명명되는 문화의 모자이크에 대한 질문이 나오는 곳이며 아시아의 다른 지역으로 퍼져 나가는 인도양 지역을 가로지르는 우리의 문화 수출을 잊지 말아야 합니다. 인도의 아이디어는 인도를 독특하게 만드는 것입니다. 문화적 확장과 현대 국가의 역할로 돌아가서, 우리는 국제적 현상에서 출발하자. 브라질, 러시아, 인도, 중국, 남아프리카공화국을 대표하는 브릭스(BRICS)는 개발도상국들이 함께 성장하는 경제 지역이자 세계 경제의 새로운 변화하는 모습을 문화적 관점에서 바라볼 수 있다. 문화적 관점을 찾기 시작하면 그 자체로 다양한 언어적, 민족적 존재와 광대한 지역을 가지고 있지만 여전히 인도와 비교할 수 없는 브라질부터 시작하겠습니다. 무엇보다도 어떤 나라도 다른 나라와 비교할 수 없지만 문화적 영향과 문화적 영향 측면에서 신흥 경제국의 비교에 관해서는 인도가 계급 차이입니다. 예를 들어, 러시아는 거대한 제국과 문화적 영향력을 가지고 있는 반면 인도는 중앙아시아 국가들의 침략을 받았습니다. 카자흐스탄, 우즈베키스탄의 예를 들자면, 러시아에서 확장된 그들의 초기 문화적 영향이 있었습니다. 그러나 언어를 통한 문화적 혈통은 인도에서 중앙아시아를 통해 찾을 수 있습니다. 아시아에서 가장 큰 문화 강국 중 하나인 중국은 실제로 이곳에서 유래한 무술을 포함하여 인도에서 가장 큰 문화 수출품을 보유하고 있습니다. 한때 중국 외교관이 인도에 대해 말했듯이 "인도는 2000 년 넘게 단 한 명의 군인도 우리를 침공하지 않고 문화적으로 우리를 식민지화한 유일한 나라"입니다. 이것은 그 자체로 인도에서 어떤 종류의 문화 수출이 있었는지 보여줍니다. 인도에 관한 한 진정한 다문화 국가는 남아프리카 공화국과 비교할 수 있습니다. 무지개 국가로 알려진 무지개 국가는 인구가 적은 인도보다 작지만 문화적, 언어적 다양성이 많습니다. 이제 문제는 남아프리카 공화국과 인도의 영향으로 귀결됩니다. 둘 다 다문화적이고 다양성 지향적인 국가이지만 인도에 관해서는 인도의 영향력이 비록 최근에야 정치적 형태이기는 하지만 남아프리카에 도달했습니다. 이것이 바로 다양한 방식으로 시작된 인도가 끊임없이 문화를 불러일으키고 우리가 가진 혼란에도 불구하고 인도를 풍요롭게 하는 이유입니다. 이제 국가의 역할과 국가가 새로운 혼돈의 방식으로 변화하는 혼란스러운 과정을 통해 현대 민족 국가를 만드는 방식에서 인도에서 어떻게 역할을 했는지에 대한 질문으로 돌아가서, 과정을 찾는 것이 인도를 만드는 것입니다. 인도 서부에 위치한 마하라슈트라의 예와 인도를 정의하는 고유한 방식으로 왜 그리고 어떻게 역할을 했는지 살펴보겠습니다. 이것은 진정한 주권을 유지하고 오랜 세월 동안 해양과 육상 모두에서 확립 된 강대국이었던 국가의 여정으로 정의 할 수 있으며, 문화 경관의 형태로 인도의 출발점 중 하나입니다. 마하라슈트라는 시간이 지남에 따라 변화해 왔으며, 이것이 인도가 다양한 규칙의 시대 전후에 국가로서의 창조 방식을 정의하는 예 중 하나인 이유입니다. 마하라슈트라는 아프가니스탄과 나중에는 무굴의 세력을 무시하고 인도의 다른 지역으로 발자취를 퍼뜨리면서 마라타 제국의 창설과 함께 초기에 민족 국가로 형성되는 길에 들어섰습니다. 그러나 오늘날의 마하라슈트라는 현재 구자라트가 다른 실체인 예를 포함하여 알려진 다른 버전과 매우 다릅니다. 또한 마하라슈트라와 그 문화적 중요성은 식민지 시대에 그 자체의 많은 부분이 다른 통치자 아래 있었던 방식에 있다는 것을 잊지 마십시오.

그러나 마하라슈트라는 인도의 다른 주와 마찬가지로 그 자체로 다른 실체라고 할 수 있는 상징적인 주 중 하나로 변화하고 이동했습니다. 이것이 인도를 끊임없이 변화하는 국가로 정의하는 것입니다. 직소 퍼즐처럼 보이는 인도지도를 보면 지속적으로 진화하고 세계를 풍요롭게 한 것입니다. 앞서 언급했듯이 오늘날 마하라슈트라는 그 자체로 역사와 유산의 부담을 안고 있는 구자라트를 탄생시켰습니다. 이것이 내가 인도가 우리가 끊임없이 상기시키는 것처럼 식민지화의 수치를 짊어지지 않는다는 것을 언급하는 것으로 시작한 이유입니다. 오늘날 인도는 북동부뿐만 아니라 고아, 퐁디셰리, 다만, 디우, 다드라, 나가르 하벨리에 국가가 있으며, 이들은 기술적으로 독립적이거나 인도가 우리가 알고 있는 방식이 아니라고 정의하는 권력 하에 있었습니다. 인도를 만드는 지역은 새로운 국가의 창설이나 시킴과 같은 새로운 국가의 통합을 통해 끊임없이 진화하고 있습니다. 인도의 문화적 확장은 아삼, 메갈라야, 나갈랜드, 아루나찰프라데시, 마니푸르, 미조람과 같은 북동부 인도 국가의 형태로 앞서 언급한 바와 같이 영국의 영향력이 항상 도전을 받았던 끊임없이 변화하는 형식으로 그곳에 있었습니다. 앞서 언급한 것과 같이 포르투갈의 지배를 받았던 다른 식민지 소유물에 대한 이야기는 말할 것도 없습니다. 아프리카 대륙과 마찬가지로 우리의 자원을 집어삼키기 위해 인도에 온 다른 유럽 강대국들이 너무 많았습니다. 그러나 외국의 억압에도 불구하고 인도의 문화적 영향은 막스 뮬러(Max Muller)에서 윌리엄 존스(William Jones) 및 기타 많은 사람들에 이르기까지 유럽인들에게도 항상 존경받아 왔습니다. 인도 베다 저술의 영향은 오늘날 인기 있는 일본 만화 및 애니메이션 문화에서도 발견됩니다. 오늘날 현대 인도의 창조는 수세기의 집단적 경험으로 구성됩니다. 이것은 또한 국가가 자신의 경험을 보유하거나, 독자적으로 유지하거나, 더 좋든 나쁘든 변화시키는 방식으로 국가에도 적용됩니다. 마하라슈트라는 그러한 예 중 하나이며 이것이 오늘날 인도를 볼 수 있는 방식입니다. 이것은 인도가 인도만큼 크고 역사적으로 인도와 같이 인구가 많은 소수의 국가만이 주장할 수 있는 많은 변화를 수반하는 문화적, 지리적 실체로서 매우 독특한 곳입니다. 이것이 인도가 식민화된 세계에서 파생된 것이라고 계속 말하는 것과는 다른 개념인 이유입니다. 이와 관련하여 우리는 인도가 인도인에 의해 Sardar Patel, 우리 자신의 Iron Man 또는 Bismark of India 의 형태로 창조되었다는 것을 잊지 말아야합니다. 그는 이미 영국과 체결한 조약이나 별도의 협상을 바탕으로 인도의 북동부 지역을 통일하고 얻었습니다. 따라서 인도의 개념은 무너지기 전에 오랫동안 영국의 의도에 대한 저항을 유지했던 마라타 제국이 하나의 인도인 곳입니다. 마하라 구자라트 (Mahagujarat)의 마하라 슈트라 (Maharashtra)주는 다른 인도의 일부입니다. 오늘날 마하라슈트라 주는 오늘날 주요 GDP 기여자 중 하나입니다. 이것은 오늘날 인도의 마라티어 공동체에 대한 과거의 마라타족이 어떻게 그들 자신의 문화적 정체성을 조각했는지를 빼앗지 않습니다. 이 모든 가운데 인도는 오래 전부터 남아 있었고 오늘날 세계에서 가장 다원적인 사회 중 하나인 인도 연합으로 옮겨갔습니다. 아프리카 국가들은 다양성이 매우 뛰어나고 파푸아 뉴기니, 인도네시아 또는 나이지리아와 같은 다른 많은 국가들도 마찬가지이지만 아프리카 국가의 경우 인구 또는 면적 규모에 따라 또는 위에서 언급 한 국가가 인도의 문화적 다양성을 능가 할 수 있습니다. 미국을 제외하고 언어가 많고 규모가 더 큰 호주는 여전히 거대한 인구와 함께 엄청난 인도의 순전한 인구와 문화적 다양성을 받아들여야 합니다. 인도를 만드는 것이 무엇인지 구체적으로 설명할 수 있는 사람은 아무도 없습니다. 이것이 인도의 아름다움이자 강점이자 약점입니다. 인도는 유럽이나 아프리카의 단일 국가가 인도만큼 크지 않다는 점을 제외하고는 아프리카 연합 또는 유럽 연합과 같습니다. 또한 인도에 대해 논의할 때 인도의 범위와 전 세계에 미치는 영향도 살펴봐야 한다는 사실을 잊지 말자. 그럼 어디서부터 시작할까요, 펀자브 문화부터 시작하겠습니다. 인도 북부의 심장부로 알려진 펀자브 주 자체는 세계 여러 지역의 문화적 침략에 직면해 있습니다.

오늘날 펀자브는 그 자체로 정치적으로 분열되어 있으며, 최근 거룩한 방문을 위해 카르타푸르 회랑을 통해 연결되었습니다. 이제 역사를 거슬러 올라가면 펀자브는 인도 내부뿐만 아니라 외부에서 발생한 여러 이주를 통해 만들어졌습니다. 이것은 아리아 이주 논란에 대한 세부 사항을 다루지 않고 외부 이주를 언급하는 것입니다. 인더스 계곡 문명과 관련이 있었던 과거의 풍부한 농업 기술. 이것은 Maurya 와 Gupta 제국에서 큰 역할을 한 펀자브와 동일합니다. 혈통과 문화적, 정치적 영향력 측면에서이 국가를 통해 아프가니스탄과 그리스를 연결하는 것을 포함하는 다른 지역의 위대한 문화적 침략 시대와 같은 국가입니다. 이 같은 펀자브는 중세 시대에 투르크 통치자들의 델리 권력 아래 통치의 영향과 분할되지 않은 펀자브 지역에 대한 무굴의 영향에서 진화했습니다. 이 페이지의 시작이 시작된 곳에서 모든 것이 시작됩니다. 아프가니스탄은 펀자브를 통해 인도와 매우 중요한 관계를 맺고 있었고 그 영향은 양측에서 나왔습니다. 이것이 인도에서 세계의 다른 지역으로의 연결 문제가 확립되는 방식입니다. 펀자브와 그 문화적 진화는 외국의 영향에 노출되고 풍요로움에 기여하는 방식의 형태로 이루어졌습니다. 사람들의 끊임없는 진화는 인도가 전 세계적으로 상호 작용하는 방식의 형태로 이루어졌습니다. 다른 나라들이 진화한 방식도 마찬가지다. 이 모든 가운데 펀자브는 북인도의 핵심에 있는 국가이자 그리스인의 영향을 받은 대규모 이주 및 이동 경로로서 아프가니스탄은 오늘날 우리가 알고 있는 펀자브가 진화한 문화 칵테일 시스템을 탄생시켰습니다. 펀자브 주의 종교적, 군사적 영광은 나중에 형성된 용감한 칼사 공동체의 강력한 저항과 함께 왔습니다. 무굴 제국과 아우랑제브의 폭정에 맞서 싸우는 것은 펀자브에 별도의 규칙을 부여했지만 음악, 사회 측면에서 음식과 문화적 영향을 파헤치면 이란뿐만 아니라 아프가니스탄과의 연결고리를 그릴 수 있습니다. 캐나다나 영국, 호주, 미국에 정착한 펀잡 디아스포라가 오늘날에도 아프가니스탄과 이란에 정착한 시크교 공동체 형태의 펀자브 출신

디아스포라가 시크교 종교 지도자들의 종교 여행에 대해 증언하고 있습니다. 식민지 시대 이전과 도중에 아프간 군대에 대항한 그들의 노력은 편잡 사람들, 특히 시크교 군인들과 국가의 정체성을 조각한 그들의 왕국의 용기와 친절을 나타냅니다. 그것은 또한 Maharaja Ranjit Singh 의 죽음 이후 중요한 역할을 한 자유 투쟁의 도래 이전이며, Ghadar 당 자체에서 시작하여 많은 사람들 사이에서 가장 찬사를 받는 이름 중 하나로 Bhagat Singh 을 제공하고 Lala Lajpat Rai 와 Sardhar Udham Singh 를 잊지 말아야 합니다. 인도는 항상 다양한 색상과 맛, 소리 및 음악이 우리가 인도로 인식하는 것을 만들기 위해 들어오는 큰 박람회와 같았습니다. 인도의 영향은 전 세계적으로 연결되어 왔으며 전 세계의 문화적 영향을 받았습니다. 잠무와 함께 펀자브 지역을 넘어 이동하는 카슈미르를 보면 힌두교, 시크교, 도그라 및 이슬람의 영향이 모두 발견됩니다. Maharaja Ranjit Singh 에서 Raja Hari Singh 까지, 위대하고 부유한 마지막 단계에서 인도 왕국의 영향, 잠무와 카슈미르의 다양한 역사. 가장 중요한 것은 펀자브와 마찬가지로 잠무와 카슈미르에 대한 아이디어가 아프가니스탄, 이란, 중앙아시아 지역에서 많은 문화 운동과 영향을 받았다는 것입니다. 오늘날 잠무와 카슈미르의 현재 상태는 인도와 파키스탄 간의 위대하고 치열한 경쟁을 상징하지만, 그 문화적 여정은 잠무와 카슈미르의 광범위하고 다양한 문화에 대한 자랑스러운 증거입니다. 오늘날 인도의 여러 국가가 언어적 기초를 기반으로 어떻게 형성되는지에 대한 문화적 여정은 언어적 정체성에 기반한 고유한 존재가 없었을 때 실제로 고유한 문화적 여정을 가졌습니다. 우타르프라데시와 히마찰프라데시에서 새로 형성된 우타라칸드를 포함하는 다른 두 주도 인도의 핵심 아이디어가 어떻게 변하는지에 대한 아이디어를 제공합니다. 많은 학자들이 인도를 정의하려고 시도하는 동안 항상 공통점이 없었지만 이것은 결함이 있는 주장이지만 확실히 사실이 아닙니다. 우타르 프라데시의 예와 그 주에서 우타라칸드와 히마찰프라데시를 조각한 예는 모두 최근의 언어 국가로서 별도의 정체성을 가지고 있었습니다. 그러나 이 세 주의 문화 지도를 다시 살펴보면 세 주 모두 Oudh 왕국이 히마찰 기반 왕국과도 연결 및 전투를 벌인 매우 연결된 여정을 가졌다는 것이 증명될 것입니다. 이제 펀자브와 카슈미르 지역과 마찬가지로 문화 여행의 흐름으로 돌아가서, 델리를 둘러싼 다른 두 중요한 지역과 오늘날 우리가 알고 있는 지역, 우타르프라데시, 우타라칸드, 히마찰프라데시는 이주, 언어 및 문화 형성 측면에서 인도 북부 지역을 형성하여 별도의 정체성을 부여합니다. 현대의 파키스탄과 아프가니스탄, 이란, 심지어 중앙아시아를 포함한 북부 지역에서 언급된 국가들을 통한 사람들의 이동은 인도의 다른 지역으로도 이동했습니다. 따라서 오늘날의 잠무와 카슈미르로 가는 동안 정체성 위기의 정치적 매듭은 이슬람이나 힌두교에 기반을 둔 지역이 아니라 이 둘의 조합이기 때문에 복잡해졌습니다. 이 지역에는 수천 년의 시대와 파도에 걸쳐 진화해 온 두 종교의 영적이고 신성한 장소가 있습니다. 따라서 오늘날 우리가 알고 있는 분쟁 지역의 마지막 장으로 힌두교 왕자가 통치하는 카슈미르의 이슬람 다수 사람들의 이야기에도 불구하고 이야기는 그곳에서 시작되지도 끝나지도 않았습니다. 그것은 단지 인도의 생각이 얼마나 상충되는지를 보여줍니다. 최근 인도를 국가 연합으로 지칭하는 것에 대한 논란이 의회 토론회에서 나왔다. 그러나 이것은 헌법에 언급되어 있을 뿐만 아니라 본질적으로 인도를 대륙과 비슷하고 어쨌든 인도 아대륙 지역으로 알려진 이상한 국가로 만드는 것이 옳습니다. 우타르 프라데시, 하리아나, 그리고 라자스탄과 함께 약간 북서쪽으로 이동하여 인도 북부의 다른 지역으로 이동함에 따라 그 문화적 역사는 우리에게 인도에 대한 매우 다른 관점을 제공합니다. 인도의 음악 문화로 넘어 가면 음악이 서로 다른 형태로 형성되는 방식에 공통점이 있음을 알 수 있습니다. 위에 주어진 상태의 예는 Thumri, Tappa, Khayaal, Raag, Banjara 및 기타 형태의 음악이 서로 다른 취향을 가지고 있으며 각 장르에 첨부 된 음악의 요소가 다릅니다. 그러나 우리가 문명 역사에 대해 이야기할 때, 사람들이 어떻게 옷을 입고, 통치하고, 먹었는지에 관해서도 모두 인도에서 공통점이 있었습니다. 사람들은 이 우물의 독특한 점은 인더스든 인도 남부의 문명이든 그렇게 많은 언어, 민족 및 음식 습관을 낳은 단일 문명이 없다는 것을 기억해야 한다고 말할 수 있습니다. 중국, 이집트, 수메르, 잉카, 아즈텍을 예로 들 수 있지만 다양한 언어뿐만 아니라 정체성 측면에서도 성장한 인도 문명에 관해서는 그렇습니다. 위에서 언급했듯이 중국 문명을 살펴보면 만다린은 전 세계적으로 큰 영향을 미쳤지 만 같은 지점에서 왔음에도 불구하고 그다지 구별되는 문화적 요소를 만들지 못했습니다. 이것은 이집트, 수메르, 심지어 잉카, 아즈텍과 같은 다른 오래된 문명에 대해서도 말할 수 있습니다. 그러나 문화적 차이를 살펴보면 문제가 생깁니다. 나는 아메리카 대륙의 모국어에 대한 전문가는 아니지만 인도의 영향이 신화, 문화적 내러티브에서 찾을 수 있다는 것을 부인할 수 없지만 여러 면에서 믿을 수 없는 많은 뿌리를 가지고 있다는 것을 부인할 수 없습니다. 오늘날 인더스 문명의 일부는 현대 파키스탄에서 발견됩니다. 그러나 그 아이디어는 인도가 그 자체로 현대적인 실체일 뿐이지만 광대한 문화 네트워크가 인도 아대륙에서 인도 자체와 세계의 여러 부분에 이르기까지 다양한 지점으로 붕괴되고 폭발했다는 아이디어를 제시하는 것입니다. 인도 북부에서 인도의 동부와 북동부를 살펴보면 다른 종류의 문화적 혼합에 대한 이야기를 얻을 수 있습니다. 그것은 역사와 문화적 요소가 어떻게 형성되었는지에 대한 다른 종류의 이해의 흔적으로 당신을 데려 갈 것입니다. 직소 퍼즐과 같은 인도는 동쪽과 북동쪽을 볼 때 더 흥미로운 이해를 제공합니다. 인도의 문화적 환경을 이해하는 데 중점을 둔 대부분의 사람들은 이 지역과 그것이 우리가 알고 있는 방식으로 인도를 만드는 데 어떻게 그리고 왜 그렇게 중요한 역할을 하는지에 대해 놓쳤습니다. 따라서 인도 문화 만화경은 인도 북부, 인도 서부뿐만 아니라 인도 남부도 잊지 않고 인도 너머 동부에서 종교, 문화 및 정치사가 영향을 받은 이 지역에서 보고 초점을 맞출 필요가 있습니다. 이런 식으로 오늘날 인도 북동부 사람들의 유전적 구성은 동남아시아 문화적 뿌리와 유사합니다. 동쪽과 북동쪽에서 지역의 역할을 이해한다는 아이디어는 인도의 지역 역학이이 부분에서 어떻게 형성되기 시작했는지에 대한 그림을 제공합니다. 그래서 비하르와 같은 벵골부터 시작하자. 국가로서의 벵골은 독립 후 훨씬 늦게 존재했지만 국가로서의 문화적 과정은 오랫동안 존재해 왔습니다. 인도의 이 지역에서 벵골의 다양한 요소들의 혼합은 아주 오래전부터 있었습니다. 그것은 델리 술탄 시대부터 노예 왕조에서 킬지와 투글라크에 이르기까지 1700년대 중반 경에 벵골의 나와브가 델리의 영향에서 자유로워질 때까지 추적할 수 있습니다. 이와 관련하여 오늘날 우리가 알고 있는 오디샤 주는 지속적인 문화적 존재를 가지고 있지만 별도의 언어 국가로 존재하지는 않았습니다. 이 모든 것에도 불구하고 인도 동부에서 형성되고 있던 문화지도는 나름의 여정을 가지고 있었습니다. 이것은 유럽 침략의 첫 번째 뿌리가 시작된 곳입니다. 유럽인들에게 가장 중요한 무역로 중 하나가 이곳에서 시작되었습니다. 벵골, 비하르, 오디샤는 모두 하나의 지방으로 함께 있을 때에도 번성했습니다.

그것은 천연 자원뿐만 아니라 토양의 비옥도를 가졌습니다. 그러나 오늘날 우리가 살펴보면 인도가 이 지역에서 볼 때 농업 또는 산업 생산에서 볼 때 많은 것이 필요하다는 것을 알게 될 것입니다. 벵골 지역은 이 지역에 존재하는 소규모 농장에 비해 농업용 제품 생산량 측면에서 순위가 올라갑니다. 벵골 지역이 기후 변화 영향에 대한 우려가 높아지고 있음에도 불구하고 여전히 번영하고 비옥한 지역 태그를 유지하는 방법입니다. 인도의 이야기는 또한 모순과 비교의 이야기입니다. 농업 측면에서도 펀자브, 하리아나와 같은 인도의 다른 지역을 보면 우리나라의 밀 바구니가 되기 위한 나름의 도전 과제가 있습니다. 동부 지역은 아주 오랜 세월 동안 항상 무역의 온상이되어 왔지만, 행정에 관해서는 이러한 주를 개별적으로 취하면 대부분의 주가 오랫동안 탈 산업화 또는 빈곤에 직면 해 있음을 알 수 있습니다. 평균은 빈곤과 실업 또는 위장 실업 측면에서 전국 평균보다 높습니다. 비하르를 포함한 서벵골과 오디샤와 같은 주에서는 몇 가지 시정 조치를 취했습니다.

오디샤와 서벵골에는 다소 꾸준한 사회적 투자가 있었지만, 서벵골의 정치적 부패와 난동은 의회 시대부터 공산주의 통치 하에서 정점에 이르기까지 꾸준히 증가했으며 그 영향력은 오늘날에도 현 정권 하에서 계속되고 있습니다. 이 모든 것이 인도의 부진한 동부 지역을 형성했으며, 이는 또한 정부 정책이 이 지역의 개발에 초점을 맞추지 않았음에도 불구하고 인도 북동부를 단절하는 데 기여했습니다. 그래서 우리는 인도가 시간 지향적인 단계에서 보아야 한다는 것을 알고 있습니다. 한때 인도 동부 지역은 오늘날에도 섬유, 음식, 향신료가 풍부했지만 식민지 시대부터 인도 동부에서 시작된 산업화의 속도는 사라졌습니다. 이러한 추세는 오디샤 (Odisha)에 의해서만 체포되었으며, 매우 빈곤 한 주에서 꾸준한 투자와 사회 개선을 통해 현재 인도 국가 개발 지수의 순위에서 기어 오르고 있습니다. 따라서 시간의 흐름과 인도 동부 지역에서의 영향에 대한 문제는 예측할 수 없었습니다. 벵골은 정치적 딜레마에 시달렸고 비하르는 카스트 제도와 퇴행적인 공공 정책 덕분에 과거의 영광에서 현대 국가로서의 매력을 항상 잃었습니다. 그것은 희망의 등대인 오디샤 주와 산업 친화적인 국가로 스스로를 투영하려는 새로운 벵골만을 위한 것입니다. 문제는 다음 책에서 아주 오랜 시간 동안 산업화에 영향을 미친 인도의 격동의 정치사를 극복할 수 있느냐는 것입니다.

인도-아프리카 관계: 아직 처리되지 않은 윈-윈 상황

인도 소개 - 아프리카 관계: 인도와 아프리카의 관계는 아주 오래전부터 존재해 왔습니다. 인도와 아프리카는 역사적으로 향신료, 상아 및 기타 품목과 관련된 무역 관계를 유지해 왔으며 이 두 지역 간에 교환되었습니다. 식민지 이전 시대의 인도와 아프리카는 중세 시대에 인도의 Sachin 과 Janjira 의 "Nawab"(황제)의 형태로 공통 제국을 공유했습니다. 식민지 이전 시대의 인도와 아프리카 간의 무역은 또한 노예 형태의 인간 무역의 측면을 가지고있었습니다. 그러나 식민지 이전 시대의 관계 측면에는 일방적 인 자원 활용

요소가 없었다. 이것이 인도와 아프리카 제국이 상호 관계에서 관계를 유지한 방법입니다. 공유된 관계의 자원과 활용은 유대감을 형성했습니다. 그런 면에서 사람들 사이에서는 그렇지 않다면 엘리트주의적 관계는 상호 존경과 존중에 기반을 두고 있었습니다. 그런 다음 식민지 시대가 서서히 현장에 도착했습니다. 식민지 수치의 역사는 아프리카와 인도를 사로잡았습니다. 세계 양국에서 자원을 추출한 식민 통치 기간은 정보의 자유로운 흐름의 축적을 심각하게 마비시켰다. 세계의 두 부분 사이의 관계는 식민 열강에 의한 식민 착취에 이용되었습니다. 인적 자원, 천연 자원이 모두 추출되었고 노예 제도의 위험이 세계의 이 두 지역에 영향을 미치고 있었습니다. 이 모든 가운데 마하트마 간디가 등장했는데, 그는 식민 국가 자체에서 아프리카의 식민 신민이 되는 고통을 느꼈습니다. 공동의 투쟁에 대한 생각과 권리를위한 운동의 속도가 빨라졌습니다. 식민 지배의 수치심에 묶여 있다는 공통된 유대감은 19^{세기} 와 20 세기를 더 큰 맥락으로 표시했습니다. 이것은 두 고대 문화와 문명의 공유

유산이었습니다. 그러다가 20 세기 후반 이후 인도와 아프리카의 관계에 새로운 관계 패턴을 만들어낸 탈식민화 시대가 도래했다. "인도가 제 3 세계의 지도자 또는 비동맹 운동 하의 개발 도상국 그룹, G-77 국가의 새로운 비전은 현대에 서서히 반영되고있다"*(Madsley and McCann 2010).* 인도는 아프리카에서 입지를 강화하기 위해 노력해 왔습니다. 중국과 인도는 자존심과 부드러운 측면에서 권력 투사의 전망에서 자라나는 새로운 전투를 벌이고 있습니다. 제기되는 질문은 인도가 아프리카와의 관계를 새로운 캔버스에 그리려고한다면입니다. 인도는 의심할 여지 없이 식민지화 이후 아프리카와의 관계를 늘리려고 노력했습니다. 여기에는 아프리카 대륙을 통과하는 인도 디아스포라를 통과하는 이미 존재하는 다리가 포함됩니다 *(Pradhan, 2008).* 인도가 실제로 이전 시대의 상호 관계를 구축하기보다는 자신의 이익을 위해 아프리카를 활용하려고 한다면 문제가 발생합니다*(Broadman, 2007).* 이것은 상세한 사실로 분석되어야한다. "그러나 인도-아프리카 관계가 인도, 중국 관계만큼 중요하다는 것은 부인할 수 없다"*(Carmody, 2011).*

새로운 시대에 떠오르는 인도-아프리카 관계:
인도와 아프리카는 천연 자원과 빈곤과 같은 공통점이 많습니다. 그러나 관계를 흥미롭게 만드는 것은 인도가 이제 새로운 세계화의 힘을 가진 새로운 강대국으로 간주되고 있다는 것입니다. 전 세계 상황을 개선하기 위해 인도의 역할을 검토하고 있습니다. 앞서 언급했듯이 중국이 아프리카에서 수행하고자하는 역할 측면에서 중국과의 싸움은 매우 중요합니다. 기술 협력은 이미 세네갈, 케냐 등 *(Mohan, 2006)*과 같은 국가에서 일어나고 있습니다. 인도와 중국의 새로운 권력 블록이 아프리카의 활용을 바라 보는 방식입니다. 이 점에서 인도는 '아프리카의 쟁탈전'을 노리는 또 다른 강대국으로 나오지 않도록 주의해야 한다. 공유된 유산과 옛 시대를 전제로 한 인도와 아프리카의 놀라운 관계는 간디와 만델라와 같은 지도자들에 의해 제국의 압제자들에 대한 평화적 투쟁의 훌륭한 모범으로 강화되었습니다. 이제 협력이 증가하고 우주, 교육

과거부터 현재까지의 세 가지 음영

및 기술의 새로운 영역도 포함되도록 시대가 바뀌고 있습니다. 협력을 위한 아이디어는 인도-아프리카가 남-남 협력을 발전시키기 위해 노력할 수 있는 주요 방법 중 하나입니다. 인도가 실제로 아프리카에서 자비로운 파트너라는 생각은 **델리 (Alden and Viera, 2005)**의 계산에 있었습니다. 인도가 권력 투사를 위해 대리 전장에서 관계를 어떻게 활용하려고 하는지에 대한 아프리카인들의 불안과 회의론은 원심력 포인트 중 하나입니다. 기술적 측면에 더 가깝고 협력에 대한 부드러운 관점을 다루는 인도 프로젝트가 중요합니다. 인도는 이미 인프라 개발, 신용 한도 및 정보 네트워킹 측면에서 아프리카의 저개발국에 대한 원조 제공을 다루는 TU-9 로 알려진 프로그램을 시작했습니다. 이것은 아프리카에 대한 중국의 막대한 투자에 대응하고 특히 중국의 노동 자원을 활용하는 데 매우 중요하지만 중국의 투자가 아프리카에 가치가 없다는 점을 지적하고 싶지는 않습니다. 사실 제가 제시하고자하는 관점은 중국과 인도 또는 많은 사람들이 말하고자하는 **"Chindia"** 가 아프리카에서 더 큰 협력 축을 구축 할 수 있다는 것입니다 *(Martin, 2008)*. 이것은 훌륭한 관계의 시작을 알릴 수 있습니다. 그러나 인도가 아프리카의 관계 패턴을 어떻게 형성하려고 하는지에 대한 맥락을 고수하는 것은 까다롭습니다. 한편으로 인도는 더 부드러운 자원을 제공하고 있지만 이전 식민 압제자들과 같은 길을 걷지 않는다는 점에서 도덕적 가치를 지킬 책임이 있습니다. 인도는 아프리카가 서로 공감할 수 있기 때문에 세계 격차에 맞서 아프리카와 함께 싸우는 독특한 위치에 있습니다 *(Hill, 2003)* 인도는 더 큰 책임을 지고 떠오르는 강대국으로서 분명히 이것을 염두에 두어야 합니다.

다자주의 하의 인도-아프리카 관계: 인도와 아프리카 간의 새로운 관계 구축은 다자주의를 통해 새로운 길을 걷고 있습니다. 그 예에는 인도, 브라질, 남아프리카 공화국 (**IBSA**) *(Dunn & Shaw, 2001)*과 같은 플랫폼에서 인도와 브라질에 합류하는 남아프리카 공화국과 같은 국가와 함께 새로운 외교 전선을 만드는 것이 포함됩니다.

이것은 인도-아프리카 축의 기능을 향상시킬 수 있는 외교 축의 새로운 형성의 시작입니다 *(Bowles et al 2007)*. 실제로 중국과 인도 간의 아프리카 개발 및 협력 경쟁은 다자간 참여를 통해 새로운 형태를 띠고 있습니다. 대륙으로서의 인도와 아프리카도 양자 간 참여로 간주되어서는 안 됩니다. 새로운 남남 협력을 바라보는 아이디어는 다자간 축의 출현과 함께 새로운 형태를 취하고있다. **BRICS PLUS** 는 이집트와 나이지리아와 같은 다른 아프리카 국가들도 고려되고있는 새로운 개념입니다 *(Goldstein, 2007)*. 이것은 새로운 전략적 참여의 시작이 될 것이며 개발을 위한 자금 조달 및 자금 조달 메커니즘이 여러 출처에서 어떻게 발생할 수 있는지에 대한 것입니다. 이것이 효율성 향상을 위한 프로젝트와 함께 새로운 개발이 이루어지는 열쇠입니다. 인도는 이미 3년마다 인도-아프리카 정상회담을 개최할 때부터 그렇게 하고 있습니다. 그러나 인도-아프리카 참여는 두 당사자 간의 것이지만 아프리카를 단일 대륙으로 보는 관점에서만 보아서는 안 됩니다. 아프리카와의 관계에서 아프리카 대륙은 50 개국 이상의 정점이라는 관점에서 바라보아야 합니다*(Cooper, 2005)*. 모든 국가에는 특정 목표가 있으며 달성하고자 하는 특정 목표의 계산을 살펴봅니다. 인도는 아프리카의 여러 국가와 교류하기 위해 노력해 왔습니다. 이것이 인도에서 아프리카와의 협력 참여라는 새로운 정책이 미래에 나타날 수 있는 방법입니다. 남남 협력 발전을위한 새로운 사고와 틀을 만드는 방법이며, 비전은 양자 차원뿐만 아니라 다른 신흥 국가들과의 참여 수준에서도 축에 초점을 맞추어야한다 *(Shaw, 2007)*. 인도는 이미 아프리카에 대한 투자 계획에 다른 강대국을 활용하는 새로운 전략으로 이를 추진하고 있습니다. 아프리카에도 나이지리아, 이집트, 남아프리카 공화국과 같은 국가가 등장하고 있습니다. 또한 가나, 케냐와 같은 국가의 출현은 브라질, 남아프리카 공화국, 심지어 중국, 일본과 같은 국가와 함께 인도가 협력할 수 있고 이미 그렇게 하고 있는 완벽한 기회를 제공합니다. 인도는 이미 두 곳의 개발 요구를 위해 대륙의 농업, 에너지 및 기타 자원에 대한 투자를 모색하고 있습니다. 인도가 아프리카에 관여하는 실제 동기에 대해 회의적일 수 있습니다. 그러나 **IBSA, BRICSPLUS** 및 인도가 다른 국가와 팀을 구성할 수 있는 기타 플랫폼과 같은 다자간 플랫폼은 향후 참여를 위한 이상적인 방법이 될 것입니다.

미래의 인도-아프리카 관계: 인도-아프리카 관계는 실제로 21 세기를 정의하고 새로운 기회의 세계를 만들 수 있습니다. 관계에는 엄청난 잠재력이 있으며 스마트 파워의 요소에 대한 작업 측면도 있습니다. 발전해야 할 관계의 책임은 민간 및 정부 차원에서 참여가 어떻게 이루어질 것인지에 달려 있습니다. 아프리카와 인도의 기업 참여는 통신, 에너지 및 기타 부문에서 이미 일어나고 있습니다. 인도는 남남 협력의 진정한 의미에서 아프리카에 투자 할 책임이있다 *(Cox, 1996).* 인도 정부와 아프리카 민간 기업의 투자는 기술 협력으로 확대되어야 합니다. 물론 협력 분야에는 국방 및 우주, 의학 및 농업 등과 같은 첨단 기술 분야가 포함될 수 있습니다. 인도는 협력의 모든 기회 속에서 오만한 파트너라는 함정에 빠지지 않도록 주의해야 합니다. 인도는 또한 아프리카와의 관계를 확고히 구축한다는 더 큰 목표를 간과해서는 안 된다는 점을 명심해야 합니다. 물론 여기에는 대화 구축뿐만 아니라 실제로 관계의 더 강한 측면을 믿는 것이 포함됩니다. 인종차별의 맥락은 또한 인도의 아프리카 디아스포라가 불행히도 때때로 인종 공격을 받았기 때문에 매우 민감한 문제입니다. 인도는 인도의 디아스포라와 역사적 연결이 침식될 수 있는 아프리카에서 인도의 소프트 파워에 대한 추진이 약화될 수 있으므로 이를 주의해야 합니다. 인도의 과제는 아프리카가 새롭고 평등한 세계를 만들겠다는 비전에서 매우 중요한 파트너라는 믿음을 실제로 변화시키는 것입니다. 미래의 인도-아프리카 관계 구축은 세계 인구의 대다수를 위한 지속 가능한 미래를 만드는 데 기반을 둘 것입니다*(Knight, 2000).* 빈곤 퇴치와 더 나은 미래를 가진 이 두 지역 인민의 생활 수준을 높이는 것이 미래 협력의 목표가 되어야 합니다. 유럽과 심지어 미국의 옛 식민 세력은 이제 대외 원조와 투자 측면에서 개입에 의존하고 있습니다 *(Joffe, 1997)*. 이곳은 중국과 인도의 형태로 새로운 강대국이 출현하는 곳입니다. 그러나 챕터의 제목과 앞서 언급했듯이 개발 과정에서 인도의 책임을 염두에 두십시오. 아프리카와의 투자, 협력 및 협력 전략은 미래를 위해 균형 잡힌 접근 방식을 취해야 합니다. 케냐의 국가. 가나는 또한 인도 벤처 기업이 협력할 수 있는 엄청난 범위를 보유하고있는 정보 기술 및 기타 기업가 적 벤처 측면에서 빠르게 부상하고 있습니다 *(Nayar, 2001)*. 이것은 협력과 협력을 위한 햇볕 분야일 뿐만 아니라 양측의 젊고 재능 있는 인적 자원을 활용할 수 있습니다. 관계의 역학은 바뀔 수 있지만 $21^{세기}$ 의 미래 역학에 대한 큰 약속이 있습니다.

21세기 글로벌 문제의 시민 과제에 대한 개발 내러티브의 균형을 맞추는 국가 브랜드로서의 인도

소개:

기술은 오늘날 세계에서 가장 큰 게임 체인저입니다. 오늘날 우리가 사는 방식은 기술에 의해 주도되고 표현됩니다. 그러나 기술은 역동적이며 특정 교차점에서 멈추지 않습니다. 인류 문명은 기술의 성장과 그에 따른 인류의 진화에 대한 이야기였습니다. 세상은 항상 기술에 대한 접근에 따라 나뉘어져 있습니다. 인류가 시작된 이래로 최고의 자원을 진화시키고 활용한다는 아이디어는 기술 진화의 도래를 낳았습니다. 이 모든 것 속에서 우리 인간의 삶은 이제 상상할 수 있는 모든 가능한 기능을 수행할 수 있을 만큼 똑똑한 전화기와 같은 개인 소지품의 형태로 기술에 의해 변형되었습니다. 그것은 기술이 확실히 우리의 삶을 더 쉽고 매력적으로 만들었다고 말하지만, 기술력에도 도전이 있다는 것을 잊어서는 안 됩니다. 기술은 이제 데이터가 연료가 되는 다음 단계를 밟고 있으며, 이를 기반으로 기술은 정부 정책 및 거버넌스 이니셔티브의 세계에서 역할을 수행하기 위해 한 걸음 더 나아가고 있습니다. 이 기사는 특히 기후 변화, 지구 온난화 등에 대한 보다 격렬한 논의가 시작되면서 도시 자원의 기술 및 거버넌스의 중요성을 강조하고자 합니다. 높은 배출 수준과 직접적인 관련이 있습니다.

에너지는 모든 인류 문명의 성장과 발전에 중요한 요소였습니다. 우리가 시대에 걸쳐 진화함에 따라 인간의 삶의 개선을 위해 데이터를 사용하는 역할은 식량, 건강, 교통이 이미 논의 된 중요한 영역입니다. 그러나 개별 에너지 생산을위한 최선의 방법을 활용하는 문제에 관해서는 대부분의 개발 도상국에서 거버넌스는 여전히 무시할 만하다. 여기서 기술의 역할이 중요해집니다. 따라서 이 논문은 식품, 건강, 운송 및 에너지 최적화를 네 가지 기둥으로 연결하려고 시도하고 기술이 거버넌스의 전체 프로세스에서 어떤 역할을 할 수 있는지에 대해 다룰 것입니다. 이 아이디어는 거버넌스가 전체 인간 사회에서 어떤 역할을 하는지, 그리고 인도가 이와 관련하여 무엇을 하고 있는지에 대한 이해를 구축하는 것입니다. 지난 몇 년 동안 세계에서 가장 인구가 많은 국가에서 Aadhar 카드, UPI 는 시민 데이터 관리 및 금융 기술과 관련된 가장 큰 게임 체인저 중 일부였습니다. 그러나 식량 생산/농업, 의료 서비스, 운송 및 마지막으로 도시 에너지 관리의 세계에서 기술의 시작은 매우 중요한 역할을 할 것이며 이미 인도의 거버넌스 및 정책 결정에 사용되었습니다. 변화는 느리지만 이제 이러한 거버넌스 영역에서 기술의 역할이 실현되고 있습니다.

Almgren & Skobelev, D. (2020)의 연구에서 이미 분명하게 드러난 바와 **같이 기술 및 거버넌스의 패러다임이 이미 변화** 하고 있습니다. 이 논문은 "네 번째 기술 패러다임 (wave) (1930-1985)은 전력 공학, 기계 제조, 새로운 합성 재료 및 통신 장비 생산으로 특징 지어졌으며 소비재, 무기, 자동차 승용차 및 트럭, 현장 엔진, 비행기의 대량

생산과 컴퓨터 및 소프트웨어 제품의 중요성 증가. 네 번째 물결의 특징은 여전히 모든 국가, 심지어 매우 선진국에서도 볼 수 있습니다. 네 번째 물결의 산업 부문은 많은 양의 천연 자원 (에너지 포함)을 소비하는 부문입니다.

다섯 번째 기술 패러다임은 컴퓨터 과학, 마이크로 일렉트로닉스, 생명 공학, 새로운 유형의 에너지 원 및 에너지 생성, 유전 공학, 재료, 위성 통신 및 우주 탐사를 기반으로합니다. 또한 단일 '독립형' 회사에서 중소기업 및 대기업의 얽힌 전자 네트워크로 이동하여 기술, 제품 품질 관리 및 혁신 계획 분야에서 긴밀하게 상호 작용하는 시기이기도 합니다. 다섯 번째 물결의 특징은 마이크로 전자 부품의 역할이 향상되었다는 것입니다. 다섯 번째 패러다임의 장점은 생산과 소비의 개별화, 생산 유연성의 증가, 자원 효율성에 대한 강한 관심에 있습니다.

여섯 번째 기술 패러다임의 기원은 2010 년경으로 거슬러 올라갈 수 있습니다. 생명 공학 및 나노 기술, 유전 공학, 막 및 양자 기술,

포토닉스, 마이크로 역학 및 열핵 에너지는 점점 더 전통적인 솔루션이되고 있습니다. 전문가들은 이러한 영역의 합성이 결국 양자 컴퓨팅과 인공 지능으로 이어지고 근본적으로 새로운 수준의 정부, 사회 및 경제 시스템에 대한 접근을 제공 할 것으로 기대합니다. 전문가들은 6 번째 기술 패러다임이 2040 년 이후 성숙기에 접어들 것으로 내다본다. 앞서 언급 한 기본 기술 분야의 성과를 기반으로 한 새로운 과학, 기술 및 기술 혁명이 2020-2025 년에 일어날 것으로 예상됩니다. 2010 년에 가장 경제적으로 선진국은 네 번째 기술 패러다임에서 생산력의 20 %, 다섯 번째 패러다임에서 60 %, 여섯 번째 패러다임에서 약 5 %를 차지했습니다. 현재 우리는 세계 경제의 구조적 개편을 관찰하고 있습니다. 우리는 '제 1 세계'의 잘 발달 된 경제에서 나노 기술 솔루션의 특정 척도를 통해 IT 및 통신 기술과 생명 공학에서 새로운 기술 패러다임의 탄생을 예측하려고 시도 할 수 있으며, 이는 궁극적으로 유익한 '긴 물결'성장으로 이어질 것입니다. 유가 하락은 '인도'기간이 끝났다는 특징적인 신호입니다. 그리고 새로운 기술 패러다임은 혁신적이고 자원 효율적인 기술의 '확산'과 전반적인 생산 에너지 집약도 감소 덕분에 적지 않게 기하급수적으로 성장할 것입니다."

조정된 관계에서 기술과 거버넌스의 진화:

그러나 기사가 토론의 해당 부분으로 이동하기 전에 인도는 이미 Aadhar Card 의 형태로 14 억 명 이상의 시민을 위한 데이터 캡처 형태의 기술을 활용했다는 점을 기억해야 합니다. 이 시스템은 인도 전역에서 완성 된 미국의 사회 보장 카드와 같습니다. 지리적, 인구통계학적 다양성 및 기타 사회적 요인을 제외하고, 이 기사에서는 거버넌스 관련 목적을 위해 데이터를 캡처하고 활용하는 방법에 대한 고전적인 예 중 하나로 이 거대한 운동의 예를 인용하고자 합니다. 이는 이미 인도에서 정부의 정책 관련 시행 방식으로 시행되고 있다. 복지 관련 계획을 위해 일반 대중의 데이터를 캡처하는 것은 인도의 수백만 명에게 게임 체인저였습니다. 이것이 기술과 거버넌스가 이제 우리 삶의 중요한 부분이 되었음을 증명한 것입니다. "모든 일반 시민을 위한 권리"라는 모토를 가진 Aadhar 의 전반적인 기여 측면에서 실제로 사실로 판명되었습니다. 전신 송금에서 은행 계좌가 Aadhar 카드 번호에 연결되어 정부 예금 제도가 더 쉬워졌습니다. 인도에서 중요한 단계 중 하나는 송금과 선전의 부패와 관련하여 누출의 누출을 막는 것이었습니다. 이것은 기술과 정책 거버넌스 간의 상관관계의 교차점이자 전환점으로 이어지는 곳입니다.

Davis et al. (2012) 는 "거버넌스는 군사 행동, 자금 이체, 법적 수단의 공포, 과학 보고서의 출판, 광고 캠페인 등 다양한 메커니즘을 통해 영향을받을 수있다. 다양한 거버넌스 기술에는 돈이나 인력과 같은 물질적 자원과 지위 및 정보와 같은 무형 자원을 포함하여 다양한 종류의 자원의 생성 및 할당이 포함됩니다. 다른 기술은 또한 피통치자에게 다른 종류의 영향력을 행사합니다. 예를 들어, 기업 지배 구조의 기술로서의 재무 감사는 법적 규제와 상세한 자율 규제의 조합에 의해 특히 강하게 영향을받을 수 있는 반면, 환경 감사는 덜 상세한 규범을 분명히하는보다 확산 된 행위자들의 압력에 의해 형성됩니다. 이러한 거버넌스가 작동하는 방식은 종종 매우 복잡하여 그러한 거버넌스의 기술로서 지표의 역할을 이해하려는 노력에서 상당한 경험적 및 분석적 과제를 야기합니다."

Canedo et al. (2020)은 "잘 정의된 거버넌스 프로세스를 통해 조직은 프로세스와 서비스를 체계적으로 평가하고 개선하여 조직이 더 나은 성과를 내고 결과적으로 경쟁력을 높일 수 있으므로 다른 조직보다 전략적 이점을 얻을 수 있습니다. 정보통신기술(ICT)과 거버넌스 개선이 연계되어 조직과 시민에게 경쟁 우위를 제공한다"고 말했다. 문제를 명확히 하기 위해 누군가가 기술의 역할이 Aadhar 카드의 형태로 어떻게 보일 수 있는지 혼란스러워한다면 시스템의 작동을 이해해야 합니다. 모든 데이터를 캡처하는 생체 인식 시스템을 기반으로 하며 가짜 Aadhar ID 카드를 찾을 수 있지만 복제하기 어렵습니다. 그럼에도 불구하고 개인 정보 보호가 진정한 관심사이기 때문에 인도 정부는 소아마비, 결핵, 물 관련 계획 및 기타 복지 프로그램과 관련된 캠페인을 효과적으로 운영할 수 있었습니다. 노력의 중복으로 인해 중복성이 줄어들었고 2011년 이후 인도의 인구 조사가 아직 이루어지지 않았지만 정부는 수행하고자하는 대부분의 주요 캠페인에 대한 기록 데이터를 확보했습니다. 이것은 빅 데이터 형태의 기술 아이디어와 정부 정책 선호도가 악수를하는 곳입니다. 경제의 공식화는 지느러미 기술 부문이 인도에 진출하는 형태로도 이루어졌습니다. 이는 UPI 시스템을 갖춘 조직화되지 않은 부문 판매자/공급업체를 포함하여 전국적으로 UPI 스캐너를 활용하는 형태로 볼 수 있습니다. 인도 은행 및 금융 시스템의 공식화는 재정적 자급자족과 문맹 퇴치를 제공하는 데 중요한 역할을 한 이 기술의 출현을 통해 단계를 밟기 시작했습니다. 이는 인도 내에서 거버넌스 기능에서 기술의 역할을 보여주는 대표적인 예이며, 그 존재감은 계속 확대되고 있습니다.

다양한 기술 및 거버넌스 부문에서 남반구에서 인도의 역할

정책 및 거버넌스 측면에서 엄청난 도움을 받은 첫 번째 부문은 식품 부문입니다. 인도와 특히 여전히 소외된 인도의 엄청난 인구에 대해 말하자면, 정부의 중요한 응용 프로그램 중 하나는 식량을 제공하는 것이었습니다. 생성된 데이터의 양, 식량 배급 프로그램에 대한 활용은 인도와 같은 국가에서 엄청난 성공을 거두었습니다. 인도에서는 독립 이후 식량 배급이 진행되고 있습니다. 그러나 기술적 영향의 증가는 정책 개입이 실제로 차이를 만들고 있는지 여부를 고려하는 것이 중요합니다. 중요했던 covid 관련 문제의 시대에는 데이터 캡처의 역할에 대한 아이디어가 충분히 강조 될 수 없습니다. 생성된 정보 측면에서 데이터 관리가 어떻게 수행되었는지에 대한 실제 데이터를 캡처한 다음 이에 따라 조치를 취하는 것은 상당히 어려울 수 있습니다. 그러나 데이터가 주요 정책 결정을 내리는 데 중요 할 수 있다는 사실에 대한 사전 이해를 간과 할 수 없습니다. 위조된 배급 카드와 정보 위조의 초기 시스템은 오늘날에도 여전히 존재합니다. 그러나 기술적 영향의 수준과 영향은 소외된 사람들의 많은 부분을위한 식량 배급에 관해서는 충분히 생성되었습니다. 이것은 기술로 뒷받침되는 매우 많은 인구를 위해 인도의 거버넌스 측면에 방향과 목표를 부여했기 때문에 간과할 수 없습니다.

다음은 인도가 엄청난 인구 덕분에 큰 어려움을 겪은 건강 부문입니다. 코로나 시대의 도래는 전 세계에 큰 문제를 일으켰습니다. 또한 건강 관련 주요 단계를 만드는 데 기술이 유용하게 사용되던 시기이기도 합니다. 이와 관련하여 당면한 첫 번째이자 가장 중요한 문제는 백신을 제공하는 것이었습니다. 백신 개발을 위한 기술의 역할은 중요할 뿐만 아니라 백신을 누구에게나 전달해야 하는 데이터 관련 거버넌스의 출현에도 중요한 역할을 했습니다. 예방 접종 프로그램과 공급 및 획득 중인 백신의 수를 추적하는 데 중요한 역할을 했습니다. 백신의 누출은 인도 전역에 유통되고 있는 엄청난 수의 백신에 비해

낮았습니다. 이것은 정부의 역할과 10억 개 이상에 달하는 백신 배포의 판도를 바꿔 놓았습니다. 실제로 이것은 백신 접종 관련 정보를 실시간으로 추적하는 것과 관련된 정부의 가장 큰 기술 발견이었습니다. 코윈 (Cowin)과 같은 웹 사이트의 시작은 사람들이 약속을 예약하는 데 도움이되었으며, 온라인 관련 정보에 액세스 할 수있는 사람들을위한 백신의 가용성. 이것이 실제로 도전을 던진 순간에 기술의 역할을 실제로 볼 수 있는 방법입니다. 따라서 인도가 취하고있는 또 다른 조치는 현재 의료 기록이라는 점을 반영하는 것이 중요합니다.

인도는 정부 보험 측면에서 세계 최대의 건강 프로그램을 운영하고 있습니다. 모든 수혜자에게도 카드가 제공되었습니다. 마찬가지로 서류상으로는 주 정부도 자체 건강 보험 제도를 도입했습니다. 의료 부문은 데이터 관리와 관련하여 중요합니다. 가장 중요한 것은 질병, 질병 또는 질병을 유지하기 위한 목록과 정부 관련 건강 보험 적용 범위를 포함하여 건강 관련 데이터가 비공개라는 것입니다. 많은 데이터가 위험에 처한 인구 밀도가 높은 국가에서 데이터 관리와 관련하여 기술 및 거버넌스의 역할은 확실히 중요하며 정책 개입은 건강과 같은 민감한 영역에 중요합니다. 예방 접종, 건강 관련 보험 및 인구 기록 유지의 역할도 자체 위험이 있습니다. 개발 도상국들이 사회 정책을 원근법으로 적용하려고 노력함에 따라 기술에 대한 아이디어를 간과 할 수 없습니다. 여기에서 정책 결정 결정에 사용되는 데이터에 대한 아이디어가 등장합니다. 인도는 데이터 관련 정책 변화의 최전선에 서 있습니다. 이것은 민간 기업에서 일반 정부 아이디어에 이르기까지 맞춤형 정책 측면에서 대부분의 기술이 인구의 더 큰 요구에 기반한 곳입니다. 건강 부문은 건강과 같은 주요 관련 정책 영역의 거버넌스와 관련된 부문에서 얼마나 많은 데이터가 역할을 할 수 있는지에 대한 예로 진화한 놀라운 이야기 중 하나였습니다.

교통 및 교통 관련 분야, 특히 자동차 등록, 교통 티켓 및 통행료 부과 기술과 같은 다른 분야에서는 이미 그 역할을 시작했습니다. 이것은 통행료 납부에 사용되는 빠른 태그의 형태로 이미 볼 수 있습니다. 기술은 세금 징수를 더 쉽게 만드는 데 유용했습니다. 차량의 이동이 용이해지고 교통 위반과 관련된 데이터가 수집됨에 따라 정부는 차량 및 기타 정책 관련 변경 사항을 더 쉽게 추적할 수 있습니다. 이것은 델리가 예상대로 작동하지 않는 짝수 홀수 정책을 도입했을 때 이미 볼 수 있습니다. 그러나 수집된 데이터를 통해 정책 개입을 보다 효과적으로 수행할 수 있는 진정한 영역과 그것이 기술적 영향에 대한 역할을 할 수 있는 방법이 있었습니다. 기술은 컴퓨터, 휴대폰, 세탁기, 정수기 등에 대한 이해에만 국한되지 않는다는 점은 아무리 강조해도 지나치지 않습니다. 정보나 데이터가 있을 때까지는 의미가 없습니다. 어떤 기술이 우위를 점할 수 있고 정책 관련 진화의 다음 단계를 만들 수 있는지에 기반한 연료입니다. 정책 관련 구현 및 거버넌스의 최고는 이를 뒷받침할 데이터가 있을 때 확실히 풍부해집니다. 모든 시민은 정부가 디지털 책인 21 세기에 작업할 수 있고 작업해야 하는 데이터 저장 메커니즘입니다.

    스마트 시티와 도시 거버넌스에 대한 아이디어는 기술과 거버넌스에 달려 있습니다. Canedo et al. (2020)은 "디지털 기술은 도시 문제 해결을 향상시킬 수 있지만 스마트 시티 프레임워크와 보다 일반적인 기술 이데올로기 간의 빈번한 조정은 여전히 문제가 있으며 우리가 도시에 대해 생각하고, 관리하고, 참여하는 방식에 영향을 미칩니다. 이것은 "똑똑한 사고 방식"을 만들어 냈는데, "도시는 똑똑함의 성취, 즉 기술적으로 진보되고 친환경적이며 경제적으로 매력적인 도시의 특정 모델을 고수하는 반면, 다른 개발 경로를 따르는 '다양한'도시는 암묵적으로 똑똑한 일탈로 재구성됩니다. " 특히 스마트 시티 이니셔티브 측면에서 인도 정부의 정책 이니셔티브는 도시 관리의 일부로 제공되는 기술과 거버넌스의 병치로 볼 수 있습니다. 이것은 스마트 폐기물 관리 도시에서 볼 수 있습니다 인도르와 같은 도시와 예를 들어 뉴타운, 콜카타, 벵갈루루와 같은 다른 장소에서도 변화시킵니다.

인도에서 기술의 성장에 대한 아이디어는 실제로 많은 정책 이니셔티브를 지출하는 데 도움이 된 것입니다. 기술과 거버넌스의 역할을 살펴보는 논문의 관점에서, 특히 기후 관련 정책 측면에서 도시 관리의 아이디어는 살펴봐야 할 것입니다. 기술의 중요성이 커짐에 따라 배출량을 제어하고 살펴보는 것이 가장 중요합니다. 탄소 배출이 주요 관심사 중 하나 인 인도와 같은 국가에서 이상적인 시나리오는 산업, 개인 및 배출과 관련된 기타 단위에 대한 제어 메커니즘을 활용하는 것입니다. 이것은 자원 최적화와 에너지 효율성에 대한 주요 관심사가 특히 도시 지역에서 더 나은 수준으로 끌어 올릴 수있는 곳입니다. 건강, 기술, 교통 분야와 관련된 이전의 논의는 모두 스마트 도시 도시 조성과 관련된 거버넌스에서 중요한 역할을 할 수있는 배출 관련 효율성을 제어하는 역할을합니다. 인도 스마트 시티의 미래 계획은 에너지 효율적인 도시라는 아이디어에 기반한 생태계와 도시 환경을 구축하기 위한 초기 단계를 밟고 있습니다. 여기에는 에너지 효율적인 시스템을 위한 기술을 실제로 구축할 수 있는 환경 친화적인 시스템을 구축하는 것이 포함됩니다. 현대 및 선진 도시 사회의 대부분은 이미 협업, 기술 및 거버넌스의 중요한 단계인 에너지 효율성의 힘을 활용하고 있습니다.

인도의 도시들은 지구 기온 상승, 계획되지 않은 도시화 및 통제되지 않은 배출로 인해 엄청난 도전에 직면해 있습니다. 특히 오염 감소 및 배출 통제 문제에서 도시 거버넌스를 개선하기 위해서는 엄청난 기술 사용이 필요합니다. 오염 정수기가 어떻게 배치되었는지에서 이미 볼 수 있습니다. 배출 관련 데이터를 기반으로 수집된 데이터를 기반으로 제시되었습니다. 도시 거버넌스, 특히 지역 정책 결정 결정 수준에서 기술을 도입하는 것이 중요합니다. 거버넌스 측면은 데이터의 중요성에 대한 적절한 이해를 기반으로 합니다. 에어컨, 전기 자동차, 에스컬레이터, 리프트 형태의 기타 편의 시설을 제어하는 형태의 기술은 모두 하나의 도시 사회의 일부입니다. 총체적으로 인도의 도시 사회의 부상과 성장은 계획되지 않았으며 성급했습니다.

여기에서 공공 정책 기관의 역할이 도시를 넘어 작은 마을로 확장되고 기술적으로 지원되는 거버넌스 관련 문제의 성장과 발전을 위해 다음 단계를 밟을 수 있는 방법에 대한 방향을 제시해야 합니다. 이것은 스마트 도시 계획 메커니즘의 출현 이후 인도 정부의 초점입니다. 지난 10 년 동안 단계적으로 진행되어 왔으며 자원 활용을위한 최적화와 통일성이 여전히 달성되기를 기다리고 있지만 엄청난 잠재력을 보여주고있는 일부 도시가 있습니다.

통신 산업의 부상은 인도를 추진한 정보 및 통신 혁명을 추진한 핵심 영역 중 하나였습니다. 인도 전역에 걸쳐 통신 확장의 확산과 성장으로 일반 시민과 정부가 더 나은 수준에서 연결될 수 있게 되었습니다. 영어의 엘리트주의와 어수선함을 제거하면서 다른 언어들도 이제 대중에게 다가갈 수 있는 방식으로 확장되었습니다. 휴대 전화는 농부, 다른 소외된 부분, 그리고 물론 도시 엘리트에게 다가갈 수 있는 주요 도구 중 하나가 되었습니다. 그러나 세

섹션을 모두 혼동하지 않고 농부들을 살펴보면 오랫동안 농부들이 날씨, 토양 패턴 등의 측면에서 정부로부터 정보를 제공받는 방식에서 기술의 역할을 찾을 수 있습니다. 이는 기술과 거버넌스가 계층화된 공동체 사이에서도 개발도상국의 현대 사회에서 어떻게 역할을 할 수 있는지를 보여주는 전형적인 예입니다. 거버넌스의 역할은 더 큰 부분에 영향을 미칠 때 중요하며 영향력이 있어야 하며 민간 플레이어의 역할도 매우 중요한 역할을 합니다. 데이터 요금이 저렴해짐에 따라 의미 있고 더 큰 섹션에 영향을 줄 수 있는 중요한 정책에 액세스할 수 있습니다. 인도의 농업은 기술 출현 이후 오랫동안 기초적인 요소에 의존해 왔습니다.

녹색 혁명과 같은 정책의 부상은 인도를 변화시킨 기술력의 결과입니다. 기술과 거버넌스가 어떻게 결합되어 기술과 거버넌스 사이의 다리를 형성했는지에 대한 선구적인 사례 중 하나입니다. 인도의 식량 자급자족을 위한 첫 번째 단계는 기술 및 정책 관련 거버넌스의 출현으로 볼 수 있는 방법입니다. 이것이 바로 기술 발전이 어떻게, 언제, 어디서, 왜 중요해질 수 있는지입니다. 한 연구로 인도는 남반구에서 기술이 데이터와 정보에 접근하는 데 어떻게 역할을 했는지 지적합니다. 식품, 건강, 운송 및 특히 지속 가능한 개발과 관련하여 위에서 언급한 중요한 영역에서는 데이터의 주요 추적이 매우 중요합니다. 이것이 인도가 녹색 혁명, 통신 혁명 등의 사례와 함께 기술을 활용한 방법입니다. 거버넌스 관련 문제, 사회 복지, 정부 프로그램에 대한 접근은 정책 개입에서 매우 중요한 역할을 합니다. 이것은 일정 기간 동안 인도가 얼마나 중요한 이정표를 달성했는지에서 볼 수 있습니다. 그러나 현재 인도가 직면한 가장 큰 과제는 정부가 개발 열망의 거대한 도전에 타협하지 않으면서 지속 가능한 개발 목표와 함께 탄소 중립 목표의 균형을 실제로 맞출 수 있는 방법입니다. 남반구의 한 나라는 쉽지 않을 이 엄청난 도전에 직면해 있지만 그럼에도 불구하고 열망은 항상 남아 있을 것입니다.

글로벌 영역에서 기술 및 거버넌스의 미래:

Mulligan & Bamberger (2018)는 "도시는 기술적으로 진보되고 친환경적이며 경제적으로 매력적인 도시의 특정 모델을 고수하는 동시에 지능의 성취에 대한 책임이 있으며, 다른 개발 경로를 따르는 '다양한'도시는 암묵적으로 똑똑한 일탈로 재구성된다"고 말합니다

    이 논문은 이론적 틀이나 모델을 제안하는 것이 아닙니다. 그러나 목표는 기술의 도움을 받는 거버넌스의 진화 과정에서 기술의 역할이 어떻게 역할을 해왔는지 추적하는 것입니다. 기술과 거버넌스에 대한 아이디어는 모든 국가가 사회와 인구의 더 큰 이익을 위해 활용해야 하는 일관된 프로세스입니다. 거버넌스의 전반적인 규모가 개입주의 세력이 되는 기술의 형태로 개선되고 증가하는 방식입니다. 정책 관련 메커니즘의 아이디어는 일반 시민의 가치 측면에서 기술 발전이 스며들 수 있도록 하는 것입니다. 독립 이후 인도에서 기술의 역할은 우주 기술, 농업 및 식품 관련 기술, 운송 및 마지막으로 에너지 관련 개발의 형태로 볼 수 있습니다. 이것이 기술과 거버넌스에 대한 이야기를 만드는 것입니다. 또한

기사/논문은 특정 영역에 특별히 초점을 맞추지 않았습니다. 과거를 기반으로 하고 미래를 위한 방향을 제시할 수 있는 내러티브에 도달하려고 노력했습니다. 인도에서 다가올 가장 큰 위협은 미래의 도전 과제가 정부가 실제로 서민을 도울 수 있는 기술을 적용하는 방법에 달려 있다는 것입니다. UPI, 은행, 건강 관련 이전 사례를 통한 기술 및 정책 관련 개입 측면에서 이미 언급되었습니다.

데이터의 개인 정보 보호는 확실히 현대의 주요 관심사 중 하나입니다. 그러나 현대 사회에서 이상적인 시나리오는 기술적 단점의 이분법의 균형을 맞추는 것입니다. 거버넌스와 정책 지향적인 결정은 부작용이 없을 수 없습니다. 아이디어는 더 나은 안전을 제공하고 멋진 사회를 만드는 데 필요한 자원에 대한 접근을 제공하기 위한 거버넌스와 기술을 기반으로 하는 것입니다. 이것이 현대 인간 사회가 기능하는 방식이며, 특히 도시 수준에서 정부의 신뢰가 새로운 시대의 기술 지원 거버넌스에서 교차하는 곳입니다. 데이터 관련 거버넌스의 또 다른 중요한 영역은 디지털 공간에 대한 제어입니다. 이것은 양날의 검처럼 작동하는 것 중 하나입니다. 인터넷 관련 공간을 추적하는 것은 거버넌스 의사 결정뿐만 아니라 정책 관련 문제에서 매우 중요한 부분입니다. 이것은 인터넷과 사이버 공간 시대의 거버넌스의 다음 단계가 중요한 곳입니다. 여기에는 사이버 위협으로부터 사람들, 특히 젊은이와 취약한 사람들을 위한 안전과 안전한 환경을 증진하는 것이 포함됩니다. 사이버 사기 및 사기가 세계에서 가장 높은 국가 중 하나인 인도와 같은 국가에서는 거버넌스 기능이 정책 결정을 매우 신중하게 내리는 것이 중요합니다. 인터넷, WhatsApp 및 기타 기술 지향 커뮤니케이션 채널에 대한 제어도 여기에 중요한 역할을 합니다. 이 시나리오 때문에 기술과 거버넌스의 새로운 시대가 도래하고 있습니다.

Hutten(2019) 은 "좋은 거버넌스는 좋은 경영, 좋은 성과, 좋은 공적 자금 투자, 좋은 공공 행동 및 좋은 결과로 이어집니다. 공공 서비스 기관의 총재는 어려운 과제에 직면 해 있습니다.

그들은 거버넌스, 즉 그들이 봉사하는 조직의 리더십, 방향, 평가 및 모니터링을 담당하는 사람들입니다. 그들의 책임은 이러한 조직의 목표와 목적을 해결하고 공익을 위해 일하도록 하는 것입니다. 그들은 사용자에게 긍정적인 결과를 가져다 줄 뿐만 아니라 이러한 서비스에 자금을 지원하는 납세자에게 가치를 제공해야 합니다. 그들은 공익과 책임 및 규정 준수의 균형을 맞춰야 합니다. 많은 사람들이 이러한 책임을 수행하는 데 어려움을 겪고 있다는 분명한 증거가 있습니다."

사례 연구 내러티브 접근 방식: 인도의 4 개 도시와 도시 계획에 미치는 영향

경험적 데이터가 없거나 위에서 언급했듯이 이론적 틀이 제안되지 않았습니다. 오히려 이 논문은 거버넌스의 진화, 그것이 어떻게 형성되었는지, 인도와 같은 국가에서 형성되었는지, 그리고 미래 차원으로 진화했는지를 추적하고자합니다. 이 논문은 기술과 거버넌스의 여정이 오랜 기간 동안 어떻게 서로를 포용했는지에 대해 이야기합니다. 기술의 여정과 거버넌스와의 협력에서 진화를 측정하는 데 기여하고자합니다. 학문적 이해에서 거버넌스와 기술의 세계, 특히 사이버 영역과 정보기술 부문에 관심을 집중시킨 논문이 변모했습니다. 마찬가지로, 건강과 교육에 관한 연구도 있었지만 다른 분야의 결합 된 분석이 누락된 것으로 보입니다. 특히 역사적 진화에 접근하는 측면에서 인도에 중점을 둔 다양한 영역에 초점을 맞추는 것이 이 논문이 기여하는 부분입니다. 앞서 언급했듯이 종이의 흐름 측면에서 스스로를 형성했습니다. 위에서 언급 한 바와 같이 모든 중요한 부문의 기술 및 거버넌스 요소는 기원, 진화 및 미래 경로 측면에서 교육, 건강, 사이버 영역 및 에너지의 형태로 여러 차례 전환되었습니다. 인도와 같은 나라에서는 훨씬 더 중요합니다. 무수한 도전 과제를 안고 있는 세계에서 가장 인구가 많은 국가는 실제로 수백만 명에게 영향을 미치는 정책 지향적 거버넌스를 위해 기술을 활용할 수 있습니다. 이 논문은 기술과 거버넌스의 교차점을 기반으로 해결되거나 작업된 뉘앙스와 과제를 반복적으로 강조하고 반영하려고 노력했습니다. 부문 측면에서 언급 된 부문의 사례는 새로운 방향을 창출하고 새로운 기회를 개척했습니다. 이 논문은 연구 격차에 기여하는 측면에서 논문의 범위를 발전시키기 위한 경험적 데이터를 전달할 미래 연구를 위한 새로운 길을 열기를 희망합니다. 이 논문은 인도가 완벽하게 들어맞는 남반구에서 기술과 거버넌스에 대한 아이디어를 설정하는 데 도움이 될 것입니다. 엄청난 도전에 직면하고 수많은 결점에도 불구하고 극복한 국가로서, 학자들의 연구와 이 논문의 발췌문은 하이라이트 기술이 모든 문제에 대한 만병통치약이 아닐 수도 있음을 보여줍니다. 기술이 여전히 혼란스러워하는 영역이 많이 있으며 더 중요한 것은 기술을 작동시켜야 하는 사람들, 즉 우리도 기술의 적절한 사용을 위해 고심하고 있다는 것입니다. 인간 지능과 기술의 교차점은 거버넌스가 함께 취할 단계의 진화에 중요하고 중요합니다. 인공 지능의 출현과 함께 정부가 주요 정책 단계 측면에서 통치하는 데 도움이 되는 데이터 기반 및 교차 기반 정책 결정 구성 요소는 기술과 거버넌스 간의 여정의 미래 단계로 떠오릅니다.

열망과 환경의 균형을 맞추는 측면에서 인도와 같은 국가의 도전 과제 : 인도 도시가 세계에서 가장 오염 된 도시를 지속적으로 차지한다는 사실을 알게 된 것은 놀라운 일이 아닙니다. 지난 10 년 동안 환경 보고서에서 가장 큰 비중을 차지하는 것은 인도 도시가 얼마나 오염되었는지에 대한 보고서와 함께 나왔습니다. 그러나 일반적으로 오염과 기후 변화 사이에는 혼란이 있지만 시나리오는 그렇게해서는 안됩니다. 특히 지구 온난화의 형태로 기후 변화는 일반적으로 오염에 기인합니다. 이제 오염, 배출을 통제하고 지속 가능한 개발의 균형을 맞추는 방법에 대한 이해에 관해서는 거버넌스와 기술의 역할을 활용하는 것이 아이디어가 될 것입니다. 질문은 항상 남아 있습니다. 이 논문은 인도의 도전이라는 주제에 지속적으로 초점을 맞추고 있습니다. 앞서 언급했듯이 이 논문은 경험적이라기보다는 내러티브에 기반을 두고 있습니다. 인도와 같이 세계에서 가장 인구가 많은 국가의 도전은 나중에 논의 될 트리플 프론티어입니다. 인도의 도시들은 오염과 그 부수적 인 영향에 대한 전투 전투 측면에서 기술을 사용하려고 노력해 왔습니다. 델리는 먼저 델리 정부의 거버넌스 지침으로 홀수 짝수 시스템을 도입하려고 했습니다. 그러나 기술의 역할은 뒤쳐져있었습니다. 기술이 어떤 역할을 할 수 있는지에 대한 질문이 제기 될 수 있습니다. 무엇보다도, 동일한 주소에 등록되는 자동차의 데이터베이스는 짝수 또는 홀수로 끝나는 경우 실제로 정책을 의미있게 만들기 위해 추적해야했습니다. 즉, 번호판이 각각 홀수와 짝수로 끝나는 두 대의 차를 가진 4 명의 가족이 있는 경우, 가족은 선택한 번호에 따라 한 대의 차만 가져갈 수 있습니다. 여기서 휴대폰 결제를 통한 데이터베이스 관리 및 원격 과세의 역할이 유용합니다. 인도는 이미 기술을 갖추고 있지만 오염 관련 문제를 극복하는 핵심 과제를 해결하기 위해 확장 된 공간에서의 구현이 중요합니다. 인도는 또한 세계에서 가장 긴 대도시 중 하나의 형태로 대중 교통 인프라를 구축하는 데 주력해 왔습니다. 원활한 발권을 도입하고 델리 지하철에서 비용을 여전히 저렴하게 유지하는 것은 여러 가지 방법 중 하나였습니다. 다음으로 AQI (대기 질 지표)를 매핑하고 민감한 부위에 공기 청정기를 설치하여 통기성 공기질을 만드는 기술을 사용합니다. 시범 프로젝트는 이들에 대해 시작되었지만 오염, 빈곤 및 인구 문제를 강조합니다.

콜카타: 벵골과 인도 동부

콜카타(Kolkata), 부바네스와르(Bhubaneshwar) 등과 같은 중요한 도시가 있는 인도 동부 해안을 살펴보면 자연 보전, 도시 계획 및 기술 관련 거버넌스를 살펴보는 역할이 매우 중요한 역할을 합니다. 인도 동부 해안에 대해 말하자면, 지구 온난화와 기후 변화로 인해 동부 해안 도시는 매년 적어도 한 번의 사이클론에 직면해야 합니다. 이는 행정부에 엄청난 번거로움을 안겨줄 뿐만 아니라 몇 가지 재건 문제를 야기합니다. 아이티, 네팔과 같은 가난한 개발 도상국은 이미 자연 재해와 기후 변화의 직격탄에 직면 해 있습니다. 이 현상에 대해 말하자면, 서벵골 정부는 **순다리 나무(맹그로브 숲)**[1]의 보존에 중점을 두고 매년 형성되는 사이클론 함몰의 무차별적인 힘을 완화하는 데 엄청난 역할을 하기 때문에 더욱 심습니다. 점점 더 심어지는 나무는 동부 도시 정착지가 특히 콜카타에서 덜 무자비한 힘으로 사이클론에 직면할 수 있는 공간을 허용합니다. 이것은 현재 실천되고 있는 토착 지식의 한 예입니다. 또한 토착 지식이 실용화됨에 따라 지리 공간 매핑을 사용하여 이미 발견 된 지식의 영향과 영향이 발생하며 사이클론 우울증 기술의 위치도 거버넌스 메커니즘의 역할에 핵심적인 역할을합니다. 사이클론 및 기타 측면의 지리 공간 매핑에 대해 말하자면, 인도는 이미 남아시아 전체를 대신하여 기후, 대기 오염을 모니터링하기위한 위성을 발사하는 데 앞장서 왔습니다. 이는 참신한 이니셔티브일 뿐만 아니라

---

1. https://scroll.in/article/1032297/in-west-bengal-ambitious-efforts-to-plant-mangroves-yield-limited-results

기후와 오염 매핑을 더 잘 모니터링하기 위해 이웃을 돕기 위한 조치를 취하는 국가 형태의 국가 브랜드를 만드는 인도의 주요 역할을 의미합니다. 이제 동부 지역 도시를 보호하기 위한 아이디어가 시작된 지점으로 돌아가 토착 지식을 기반으로 행동한 다음 다가오는 부당한 도전에 대한 거버넌스를 위한 기술 적용을 만드는 데 달려 있습니다. 이제 인도 남부 지역으로 이동하면서 도시로서의 벵갈루루의 또 다른 내러티브 사례는 항상 다른 도전에 대한 논의의 중심이었습니다. 그러나 그것은 나중에 올 것입니다. 현재 도전에 대해 말하자면, 콜카타에는 여전히 해결해야 할 자체 문제가 있습니다. 콜카타 (Kolkata)는 극심한 오염 수준을 가진 혼잡 한 도시 중 하나였으며, 이미 기술과 결합한 현명한 이니셔티브가 이미 시작되었다. 이것은 공기 청정기 [2], 재활용 상점 및

---

[2] https://www.hindustantimes.com/cities/kolkata-news/west-bengal-govt-launches-buses-with-air-purifiers-in-kolkata-to-beat-pollution-101686042102914.html

스마트 쓰레기 [3]수거가 포함 된 스마트 버스의 형태로 제공되며 이미 인도의 다른 도시에서도 일어나고 있습니다. 나중에 더 자세히 설명하지만 무엇보다도 산더미 같은 도전 과제가 있는 인도와 같은 국가의 중요성에 대해 자세히 설명합니다. 산에 대해 말하자면, 이 논문은 델리와 델리의 배출 문제 및 증가하는 산 쓰레기와 관련된 거대한 문제를 성찰할 것입니다. 콜카타 시와 함께 계속되는 이 도시는 공기 중의 미립자 물질 측면에서 엄청난 도전에 직면해 있습니다. 도시로서의 콜카타는 가장 중요한 것은 영국 시대에 만들어진 계획되지 않은 도시 정착지였습니다. 다른 개발 도상국 또는 신 식민지 국가와 마찬가지로 이 도시는 미국, 호주, 뉴질랜드 및 캐나다와 같은 정착민 식민지를 제외하고는 항상 도전에 직면 해 있습니다. 이제 콜카타로 돌아가서 도시 정착의 어려움을 극복하기 위해 배출의 영향을 줄이고 삶의 질을 향상시키는 위성

---

[3] https://timesofindia.indiatimes.com/city/kolkata/new-town-gets-one-stop-waste-to-wealth-store/articleshow/78689888.cms

도시가 첫 번째 정책 처방입니다. 콜카타 시 주변의 솔트레이크시와 뉴타운과 같은 위성 입대가 등장한 곳입니다. 이들은 계획된 정착지이며 투자, 확장 및 개선을 위한 계획과 범위와 함께 도시 생활을 가능하게 하는 기술을 제공합니다. 이에 관한 가장 좋은 예는 오염 수준이 낮은 콜카타의 뉴타운 형태 일 수 있습니다. 또한 도시 계획, 폐기물 관리 및 도시 생활의 질에 대한 에너지 절약, 운송 및 데이터 관리를 전면에 내세우는 논문의 초기 주장과의 연결로 뒷받침되는 이 새로운 개발은 새로운 사례로 인용될 수 있습니다.

벵갈루루: 인도의 실리콘 밸리

이것은 우리가 나라의 동부에서 방갈로르 또는 벵갈루루인 국가의 남쪽 부분으로 이동하게 할 것입니다. 그 도시에는 공통된 주제를 가지고 있지만 다른 도전 과제가있었습니다. 급하고 필사적으로 이루어진 무수한 건설, 도시 정착의 증가는 이 도시에 또 다른 도전 과제를 안겨주었습니다. 기술 허브로서의 도시가 부상하면서 한때 군사 막사 정착지였던 인도의 정원 도시가 현대적인 도시 정착지로 바뀌었습니다. 그러나 삶의 질과 관련된 도시 문제의 수준과 도시 인구의 붐에 대처하는 것은 여전히 부족 [4] 합니다. 사례 내러티브로서의 방갈로르는 급속한 도시화, 도시 배출 및 삶의 질, 지속 가능한 개발 및 배출 문제를 다루는 문제를 전면에 내세웁니다. 이 모든 것은 대중 교통에 대한 옹호와 초점을 통해 조사되고 해결 될 수 있습니다. 인도 시민들이 서구 사회의 초기 물질주의를 모방하여 자가용을 소유하려는 열망과 대중 교통, 특히 대중 교통에 투자하려는 정부 이니셔티브의 부족이 5 년 전만해도 방갈로르에 해를 끼친 영역 중 하나입니다. 지난 5 년 동안에만 방갈로르의 공공 기반 시설을 개선하는 데 서두르는 것으로 보입니다. 그 자체로 도시 정착촌이 들어와 도시 공간을 차지하는 데 문제가 있습니다. 방갈로르는 세계적인 발걸음을

---

[4] https://bengaluru.citizenmatters.in/making-sense-of-bengalurus-messy-urban-development-data-117710

내딛고 심지어 인도 도시의 발걸음을 따라 마침내 콜카타에 대해 논의 된 것과 같은 종류의 정책 처방을 포함하는 조정 된 대응을 시도하고 있습니다. 방갈로르가 도시 문제를 다루는 방식에서 말하고 행한 모든 것은 아직 문제를 다루는 방법을 완전히 이해하지 못한 것 같습니다. 이 도시는 이미 도시 생활의 복잡한 도전이 증가함에 따라 점점 더 많은 압력에 직면해 있습니다. 계획되지 않은 도시화는 데이터 거버넌스, 부패 없는 관리 및 도시 계획 구성 요소의 기술 관리를 통해서만 해결할 수 있는 엄격한 과제였습니다. 그러나 그것은 말처럼 쉽지 않으며 단순히 종이에 쓰는 것이 아닙니다. 아이디어는 인구를 재분배하고 개인 교통을 줄인 다음 공공 인프라 프로젝트에 대한 투자를 얻는 것이어야 합니다. 서류상으로는 교통의 용이성과 이동을 가능하게 하는 대중 교통에 대한 투자가 이루어지고 있습니다. 방갈로르는 미리 계획하지 않고 급증하는 도시화의 직격탄에 직면한 도시 중 하나였습니다. 도시 거버넌스를 위한 인프라와 기술의 가교는 확실히 인도가 미래 세대를 위해 돌봐야 할 것입니다. 벵갈루루는 도시 자원의 도시 관리 부실로 인해 문제가 발생한 전형적인 사례였습니다. "인도의 실리콘 밸리"라고 불리고 있음에도 불구하고 도시 계획이 더 좋고 정확해야한다는 것은 아이러니합니다. 방갈로르는 교통 혼잡 및 도시 편의 시설과 관련된 자체 문제가 있지만 극심한 오염 도시 범주에 속하지는 않습니다. 기술과 거버넌스의 역할은 좋은 삶의 질에 대한 아이디어가 지구 온난화, 도시 교통, 배출 및 인구 압력에 의해 가속화되는 기후 변화의 영향을 줄일 수 있는 도시 편의 시설 개발에 어떻게 의존하는지 잘 보여줍니다. 지속 가능한 개발 메커니즘을 만들기 위한 도시 환경에서, 특히 인도의 도시에 대해 이미 언급한 요점은 다가오는 도전과 압력에 초점을 맞출 것입니다. 수역 개조, 대중 교통 이용에 대한 인센티브, 개인 교통 억제 및 도시 기반 시설 [5]

---

[5]https://bangaloremirror.indiatimes.com/bangalore/civic/bengaluru-we-have-a-problem-its-our-lakes/articleshow/97289067.cms

개선. 이는 인도가 2070 년까지 탄소 망 중립이라는 목표를 향해 나아갈 수 있는 방식으로 도시 기반 시설의 개발과 도시 성장을 위한 길입니다. 급속한 도시화와 이미 다가오고 있는 극한의 도전이라는 맥락에서 도전은 극단적입니다. 벵갈루루는 간단하지만 달성 가능한 스마트 솔루션을 추진함으로써 약간의 잎사귀를 얻을 수 있습니다. 교통 시스템, 에너지 모니터링 및 도시 계획은 이미 거버넌스와 기술의 조정 된 노력 측면에서 논의되었습니다. 다음은 정책 처방으로 만들 수 있는 간단한 단계에 대한 질문입니다.

뭄바이: 서해안에서 인도의 최대 도시

이 모든 이야기는 인구 급증과 주거 문제를 포함한 공공 기반 시설 삐걱 거리는 인도와 세계에서 가장 혼잡하고 널리 영향을받는 도시 중 하나 인 뭄바이에 초점을 맞춰 인도 서부 해안으로 나아갈 수 있습니다. 뭄바이는 속도를 늦추거나 느슨해지지 않고 현재 도시 개발의 과제를 나타냅니다. 인도 서부 해안의 도시는 특히 도시 인구 압력, 해수면 상승 및 주거 문제로 인한 인프라 악몽에 취약하기 때문에 해결해야 할 엄청난 문제가 있습니다. 뭄바이는 이미 세 갈래로 작업을 시작했습니다. 첫 번째는 운송 프로젝트를 건설하기 위해 바다에서 토지를 매립하는 형태이며 인프라와 관련이 있습니다. 이는 계획되지 않은 도로, 열린 공간 부족 및 도로의 개인 차량 증가로 인해 항상 문제였던 운송에 대한 압력을 줄이는 데 중요한 의미가 있습니다. 이것은 공공 인프라, 특히 교통의 공격적인 확장을 추진하는 두 번째 측면이 들어오는 곳입니다. 뭄바이는 인구 압력이 극심한 교외에서 오는 사람들과 함께 지역 기차 네트워크에 대한 과도한 압력에 항상 직면해 있습니다. 이것은 빠른 대중 교통의 확장이 중요한 역할을하고 초점을 맞추는 곳입니다. 다음은 뭄바이의 도시 삶의 질 문제로, 여러면에서 심각하고 극단적입니다. 뭄바이는 아시아에서 가장 큰 빈민가를 주최하는 부럽지 않은 인정을 받고 있습니다. 이것은 위성 타운십과 도시의 개발이 도시 정착을 줄이고 쪼그리고 앉는 것을 줄이는 데 중요한 역할을 하는 곳입니다. 나비 뭄바이는 더 나은 공간 관리, 개선된 공공 편의 시설 및 낮은 도시 배출을 갖춘 프로젝트의 예입니다. 두 도시 정착지를 연결하는 것이 뭄바이의 첫 번째 단계입니다. 콜카타, 델리, 심지어 벵갈루루와 여기에 언급되지 않은 다른 도시에서도 유사한 프로젝트가 진행되고 있습니다. 인도는 스스로를 초강대국이자 자랑스러운 신흥 국가로 투영하기를 원하지만, 정치적, 사회경제적 도전을 제외하고 이를 위해 가장 먼저 집중해야 할 것은 시민들에게 양질의 삶을 제공하는 것입니다. 물질적 소유의 관점에서 측정하면 생활 수준은 다라비 (아시아에서 가장 큰 빈민가)의 빈민가에서 찾을 수 있습니다. 그러나 공항 근처의 도시 가장자리에 서있는 방과 같은 쪼그리고 앉은 곳을 방문하면 도시 빈곤과 그에 따른 새로운 도시 도전과 싸우는 개발 도상국의 다른 국가와 비교할 수 있는 정착지로 가득 차 있습니다. 뭄바이와 인도 정부는 다음 세대를 위해 더 나은 삶을 살거나 더 나은 삶의 전망을 제공할 수 있는 도시를 만들기 위해 어느 정도 노력해야 하고 또 그렇게 해야 합니다. 인도의 다른 도시와 마찬가지로 최대 도시로도 알려진 뭄바이시는 책임감을 느끼지 못하거나 지식이나 의도 [6]가 부족한 시민 문제에 직면해 있습니다. 개발 도상국의 도시들은 시민들의 적극적인 참여 또는 참여 교육뿐만 아니라 도덕적 섬유가 부족한 문제에 직면 해 있습니다. 뭄바이는 인도의 다른 도시라고도 할 수 있는 범주의 일부일 수 있지만 뭄바이의 이 문제는 매우 두드러질 수 있습니다. 규율, 적극적인 시민권 참여, 기술 및 거버넌스의 역할은 covid19 기간 동안 인도에서 이루어졌습니다. 이것이 모든

---

[6] https://m.timesofindia.com/city/mumbai/how-planning-and-development-of-mumbai-can-involve-citizens/articleshow/100691710.cms

인도 도시의 이야기가 앞으로 나아갈 수 있는 방법이지만 뿌리 깊은 부패 및 기타 문제도 있습니다. 일자리나 일자리의 원천이 대도시 주변에 있는 인도와 같이 인구가 많은 국가에서는 도시 재정착에 대한 추진력이 이미 충분히 강조되었습니다. 자원 배분은 21 세기 의 도전 과제에 매우 중요합니다. 인도는 수많은 도전 과제를 안고 있는 큰 나라이며, 이 논문은 도시 인구 압력, 대중 교통 시설 부족 및 도시 기반 시설이라는 공통된 주제를 가진 전국의 4 개 주요 도시에 대한 이야기를 제공합니다. 뭄바이는 위에서 언급한 다른 두 곳과 마찬가지로 이에 초점을 맞추고 있지만 이 모든 것 속에서도 이 신문은 기술과 거버넌스의 역할을 놓치고 싶지 않습니다. 앞서 논의한 바와 같이 뭄바이는 많은 도전에 직면했지만 더 강해졌습니다. 올해 말에 개통될 예정인 해안 도로 프로젝트와 같은 새로운 프로젝트는 이동성 시간을 단축할 혁신적인 인프라 개발의 현대적인 예입니다. 교통 데이터 기록 및 인센티브와 처벌 측면에서 이동성의 용이성이라는 개념은 도시 생활에 대한 압력을 완화하는 데 중요한 역할을 할 수 있습니다. 도시 재개발의 경우, 다라비 빈민가 전체가 이제 공간 할당 측면에서 재건축을 거치고 기본 편의 시설 7 제공을 기반으로 재설계되고 있습니다. 이것은 남반구의 심하게 혼잡한 도시에서 생활하는 새로운 경험을 만드는 작고 중요한 단계입니다. 이것은 도시 도전 측면에서 델리를 마지막으로 가져옵니다.

델리와 수도의 수수께끼

델리는 오래된 역사를 대표하는 오래된 도시이지만 정체되고 인구 과잉, 골치 아픈 도시 생활을 상기시켜줍니다. 뉴 델리는 도시의 위기와 문제를 해결하기 위해 도시 정착지로 등장한 도시의 새로운 버전이었습니다. 델리는 지속적으로 세계에서 가장 오염 된 도시로

---

[7] https://asia.nikkei.com/Spotlight/Asia-Insight/Mumbai-slum-residents-stand-up-against-Adani-s-redevelopment-plan

선정되었으며, 이와 관련하여 조치가 취해졌지만 아직 불충분 한 것으로 판명되었습니다. 화석 연료 배출을 줄이기 위해 전기 버스의 수를 늘리고 가스를 운행하는 버스는 여전히 줄이기 어려운 것으로 판명되었습니다. 이것은 도시 밀도, 개인 교통 및 다른 도시에 대해 앞서 언급 한 요소와 공통점이 있습니다. 그러나 델리는 인도의 모든 도시 중에서 가장 긴 도시 교통을 이용하고 있습니다. 그러나 진짜 문제는 델리를 둘러싼 이웃 국가들로부터 유입되는 산업 배출뿐만 아니라 농업 관련 배출에 있습니다. 이 문제에 대해 말하자면, 특히 지구 온난화, 기후 변화 및 도시 관리 문제와 관련된 기술 및 거버넌스의 역할이라는 주제로 다시 연결해 보겠습니다. 델리는 이 이니셔티브의 대표적인 예가 될 수 있으며 인도 정부가 이에 대해 어떻게 역할을 할 수 있습니까? 델리 정부는 배출량을 줄이고 적절한 정책 변경을 [8] 위해 이웃 국가들과

---

[8] https://www.newindianexpress.com/cities/delhi/2023/may/16/experts-brainstorm-on-strategies-to-improve-air-quality-in-delhi-2575552.html

협력하고 있습니다. 기술은 지리 공간 이미징, 히트 매핑 및 제습기, 공기 청정기 설치 정책 도입을 통해 앞서 언급 한 방식으로 핵심적인 역할을 할 수 있습니다. 이것들은 거대한 돈 기반 프로그램이지만 가능합니다. 사실, 세계 은행은 이미 이러한 라인을 기반으로 특정 인프라를 구현하기 위해 특정 대출을 제공했습니다. 기술 구현을위한 다른 중요한 역할은 이미 델리 강, 야무나 (Yamuna)를 오염 시켰으며 세계에서 가장 독성이 강한 공기 중 하나에 기여한 델리 주변의 산업 지역에서 탄소 배출권 및 녹색 인센티브 프로그램을 기반으로합니다. 이러한 문제를 해결하기위한 더 큰 규모의 주도권 부족은 이미 많은 문제를 야기했습니다. 도시 폐기물 관리 문제가 있는 문제는 델리 외곽에서 볼 수 있는 쓰레기 산이 솟아오르는 델리의 또 다른 골칫거리입니다. 이것은 기술과 증거 기반 거버넌스의 역할이 유용할 수 있는 주요 영역이 될 수 있습니다. 여러 가지 문제가 있는 델리와 같은 도시 환경에서 계획과 투자의 부족으로 문제가 시작되었기 때문입니다. 같은 나라의 폐기물 관리 측면에서 Indore 와 같은 도시는 인구가 적고 혼잡하지만 신생 기업은 폐기물 분리를 위해 노력하고 있습니다. 델리는 말 그대로 빌린 시간에 말해야 할 도시 중 하나입니다. 델리 정부는 중앙 정부와의 관료적 싸움에서 중요한 정책 시행을 많이 놓쳤다. 기술과 거버넌스의 역할은 문제 해결의 핵심이지만 시민 중심 거버넌스에 대한 초점이 아직 구현되지 않았기 때문에 종이에 대한 단순한 제안은 효과가 없습니다. 인도의 수도인 델리는 지구 온난화와 기후 변화 외에도 사회경제적, 정치적 문제에 직면해 있습니다. 인도의 도시 문제를 해결하기 위해서는 다각적 인 접근이 필요합니다. 델리 정부는 대중 교통 및 인프라 개발에 대한 투자를 늘리려고 노력했지만 여전히 부족합니다. 농업 폐기물 배출 및 산업 벨트 배출 문제는 말할 것도 없습니다. 특정 대도시에 대한 이러한 종류의 압력은 세계적인 맥락에서도 존재하지만 중국, 인도 및 아시아의 인구 압력은 일반적으로 작업을 더욱 어렵게 만듭니다. 현대에 인도의 1 인당 배출량은 여전히 미국과 유럽의 다른 서방 국가보다 낮습니다. 델리는 특히 인도의 수도이자 행정을 위한 정부 본부인 생활 허용 기준에 부응할 수 있는 도시를 만들기 위한 노력에 지속적으로 실패해 왔습니다. 그것은 실패한 도시의 포스터 이미지로 판명되었으며, 노이다 (Noida)와 찬디가르 (Chandigarh)와 같은 델리를 중심으로 한 인도 수도권 주변의 계획 도시가 등장했지만 델리의 지속 가능한 도시를 만드는 문제는 부족했습니다.9

인도가 아시아에서 세계로 가는 길을 선도하는 지속 가능한 글로벌 미래에 대한 희망:

따라서 가까운 장래에 몇 가지 도전이 올 것이라고 말할 수 있습니다. 연구로서의 인도는 도시 계획의 과제를 강조합니다. 전 세계가 단결하는 것이 필수적이며 특히 아시아 국가들은

---

[9] https://scroll.in/article/1036752/state-pollution-control-boards-in-india-neither-have-enough-staff-nor-expertise

이를 위해 더 강력한 주도권을 잡아야 합니다. 아프리카의 다른 대륙, 특히 사헬 지역도 심각한 가뭄에 직면해 있지만 브라질의 아마존 열대우림은 여전히 산불로 인해 파괴되고 있습니다. 인류의 $2/3$를 차지하는 대륙이 핵심적인 역할을 해야 하며, 그 가운데 가장 인구가 많은 나라인 인도와 그 이웃 국가인 중국이 중요한 역할을 하고 있습니다. 스마트 도시 계획, 유엔이 세계 10대 지속가능발전 프로젝트 중 하나로 꼽은 **나와미 갠지(Nawami Gange) 프로젝트(강가의 회춘)**[10]와 같은 하천 생태계 관리는 변화의 등대가 될 수 있다. 도전은 치열할 것이고 정부만으로는 역할을 할 수 없으며, 앞으로 나아가는 세계의 부담이 중국, 인도, 미국의 형태로 가장 인구가 많은 세 나라에 올 것이기 때문에 시민의 행동이 더 적극적일 필요가 있습니다. 따라서 인도는 환경 보호 및 지속 가능한 개발과 관련된 현재 야심 찬 프로그램에 따라 **L.I.F.E. (Lifestyle for**

---

[10] https://avenuemail.in/global-recognition-to-namami-gange-programme/

Environment)[11] 및 International Solar Alliance (ISA)와 같은 이니셔티브를 가지고 있습니다. [12]이 두 가지 이니셔티브는 정부가 자동차의 화석 연료 사용을 줄이고 사탕 수수 폐기물로 만든 에탄올과 같은 바이오 연료로 대체하려는 정부의 추진과 함께합니다. **F.A.M.E. (Faster Adoption and Manufacturing of Electric and Hybrid Vehicles)** [13]제도에 따라 전기 자동차 채택에 대한 추진도 있습니다. 전기 자동차가 오염 수준을 줄이는 데 결정적으로 입증되지는 않았지만 2070년까지 배출량을 순 제로로 줄이겠다는

---

[11] https://www.thehindu.com/news/national/pm-modi-launch-mission-life-presence-u-n-secretary-general-antonio-guterres/article66035847.ece

[12] https://www.pv-magazine-india.com/2023/06/15/india-france-discuss-isa-priorities-for-accelerating-global-energy-transition/

[13] https://m.timesofindia.com/business/budget/govt-budgets-for-green-growth-but-experts-call-it-inadequate-to-tackle-air-pollution/articleshow/97559795.cms

야심찬 목표를 향해 한 걸음 한 걸음 나아가고 있습니다. 인도와 같은 국가의 경우 이는 큰 문제이며 현재 배출량 수치를 보더라도 1 인당 배출량이 가장 큰 국가 중 가장 낮으며 **2030 년 지속 가능한 개발 목표에** 부합하는 유일한 국가 중 하나입니다. 아직 갈 길이 멀지만 인도는 고대에도 소똥에서 나오는 조리용 가스와 같이 지속 가능하고 생분해되는 자원을 사용하는 지식과 개념을 가지고 있었습니다. 인도는 현재 세계와 현대 인류 문명이 앞으로 나아갈 수 있는 맨틀을 보유하고 있습니다. 인도의 작은 도시에서 들어오는 청정 기술 및 농업 신생 기업은 미래의 도전 과제를 해결하기 위해 손을 빌려주려고 노력하고 있습니다. 이것이 21 세기에 앞으로 나아가는 인도의 더 큰 그림이 빠르게 발전하는 국가의 열망적인 요구와 지속 가능한 개발을 유지하기 위한 도전 사이에서 균형을 맞추려고 노력하는 방법입니다. 이 catch22 상황은 지리적 현실과는 별개로 다양한 토지와 민족적 다양성을 가진 인도입니다. 간디는 "*우리는 모든 사람의 필요를 충족시키기에 충분하지만 한 사람의 탐욕에는*

충분하지 않다'고 말했습니다. 이 간디 철학은 인도뿐만 아니라 모든 국가, 그러나 가장 중요한 것은 위에서 언급 한 이유로 인도가 따라야 할 필요가 있습니다. 짧게 유지하고 최종적으로 결론을 내리기 위해 이것은 성찰적 내러티브 구조화된 논문이며 논문의 향후 방향은 언급된 이러한 점을 회고하고 경험적 결과를 통해 논문의 내러티브에 대해 어느 정도 증명하고 반증하기 위해 경험적 데이터로 나아갈 수 있습니다.

단원 2: 아시아

아시아와 경제 통합을 위한 세계화의 다양한 성장 차원

소개

한 시대가 B.C.와 A.D.의 형태로 두 시대로 나뉘어진다는 생각은 예수 그리스도의 생애에 기초하여 널리 퍼져 있었습니다. 세계사를 두 개의 다른 구역으로 나눈 상징적인 메시아. 하나는 그리스도의 탄생 전이고 다른 하나는 그의 죽음 이후입니다. 이제 전 세계적인 covid19 대유행도 정확히 같은 방식으로 볼 수 있습니다. 비슷한 방식으로 볼 수 있는 하나는 covd19 대유행 이전에 존재했던 세계이고 다른 하나는 현재 우리가 아직 진행 중이며 코로나 19 이후의 것으로 간주될 수 있는 기간을 찾고 있는 세계입니다(Yunling, 2015). 이것은 covid19 의 대유행 과정에서 세계 정치, 경제 및 사회에 대한 아이디어가 변화하고있는 곳입니다. 수많은 통합이 이루어지고 세계화가 가속화된 세계에는 아마도 큰 허점이 남았을 것입니다. 오늘날 이

예상치 못한 팬데믹 시대에 세계 정치는 물론 경제, 무역 및 이와 관련된 사회도 변화하고 있습니다. 세계보건기구(WHO)가 15 *세기* 흑사병부터 20 *세기* 스페인 독감까지 존재했다면 대유행이라고 할 수 있는 전염병에 직면했다고 주장할 수 있습니다. 그러나 오늘날의 세계는 인구가 더 많을뿐만 아니라 가장 중요하게는 더 많이 연결되어 있기 때문에 그 의미는 과장없이 광범위 할 것입니다.

이 논문의 아이디어는 *"네오 리얼리즘이 아시아를 관통하는 새로운 리얼리즘"인지 여부를 이해하는 것입니다.* 논문이 작업되고 있는 핵심 질문입니다. 팬데믹 이후의 세계와 두 개의 BRICS 국가와 함께 가장 중요한 국가로 떠오르는 아시아의 새로운 트렌드가 이 신문이 탐구하고자 하는 곳입니다.

북반구 vs 남반구

covid19 위기는 완전히 산산조각 [14] 이 나지 않았다면 이미 무너져가는 세계화 시대에 태어났습니다. 세상이 여러 도전에 직면한 적이 있습니다. 세계 대전이나 전염병은 경기 침체와 함께 세계 역사에 퍼져 있습니다. 그러나 한편으로는 세계화의 한계에 도달하고 다른 한편으로는 전례가 없지는 않더라도 불신과 의심에 기반한 디커플링이 현대에 확실히 새로운 대조의 시대에 어떻게 세계가 있는지에 대한 질문이 제기됩니다. covid19 는 장벽을 허물고 "북반구 대 남반구 개발 의제"의 지정학 및/또는 "서구에 대한 세계 동부의 사회경제적, 문화적 충돌"로 나뉘어 세계에 새로운 장을 만드는 시대 중 하나입니다. 이 모든 것 사이에는 유일한 헤게모니 권력에 의해 세계를 선도하는 것이 아니라 집단적 입장에서 권력을 모으는 책임이 있는지에 대한 중요한 질문이 있습니다 (Chee, 2015). 또한 역학이 전 세계적으로 북쪽 대 남쪽,

---

[14] (스티븐 A. 알트만, 2020) "Covid19 가 세계화에 지속적인 영향을 미칠까요?

동쪽 대 서쪽으로 나뉘어 진 글로벌 사분면에서 재검토되거나 수정되고 있는지에 대한 이 아이디어의 확장이 있습니다. 그것은 서구의 오만함과 허영심에 의해 충족되지 않을 수도 있지만 새로운 세계 질서를 바라 보는 도전입니다.

이론적 틀

이 논문의 이론적 틀은 "영토화"의 개념에 기초한다. 인도와 중국 국가들이 자국의 주권을 보호한다는 개념을 어떻게 사용하고 있는지는 이 논문의 한 부분이다. 이 논문을 추진하기 위해 시도되고있는 다른 두 가지 측면은 물리적, 경제적 또는 문화적으로 영토를 상실하는 탈 영토 화 및 재 영토 화의 개념이며, 다른 하나는 물리적 또는 사회 경제적, 문화적 측면에서 영향력이 없거나 약화되거나 상실 된 영토에서 동일한 것을 회복하는 과정입니다.

경제 통합

이제 가장 중요한 질문은 세계 통합의 경제적, 정치적 방식에 관한 것입니다. 이 아이디어는 현재의 세계적 대유행이 사회 경제적 격변과 그 여파의 새로운 물결을 일으킨 방식에 관한 것입니다. 이제 이 글로벌 시스템의 접근 방식을 좁히면 변화를 둘러싼 글로벌 상황의 한가운데에 있는 대륙으로 범위를 좁히도록 합시다. 팬데믹 물결의 변화의 폭풍 한가운데에 있는 대륙은 아시아가 될 것입니다(Zhao, 2020). 아시아 대륙은 풍부한 역사를 가지고 있으며 매우 오랫동안 세계 문화 및 정치 내러티브의 최전선에 있었습니다. 세계 인류 문명의 역사를 되돌아 보면 *인더스, 메소포타미아, 수메르, 중국, 심지어* 이집트 문명의 옛 문명이든 이집트를 서아시아의 연장선으로 생각하면 아시아 대륙이 세계 문명 발전의 광채로 존재 해 왔음이 분명합니다. 그리스와 로마 문명만이 서구 세계에서 태어났다고 볼 수 있습니다. *일본, 중국, 인도, 페르시아, 아랍, 터키, 심지어 러시아까지* 문화 영역에서도 동부 또는 아시아에서 서쪽으로 건너는 다리 역할을 하는 것은 아시아 대륙이 인류 문명의 문화적 전형의 핵심 동인 중 하나였다는 사실을 증명합니다. 따라서 아시아는 자신의 뚜렷한 중요성을 가지고 있습니다.

이제 아시아에 대해 말하자면, 식민 지배로 중동이라고 불렸던 *서아시아* 지역은 매우 중요한 차원 *을 가지고 있습니다*. 그것은 세계에서 가장 중요한 전략적 지역 중 하나이며, 물론 서구 열강이 여전히 휘말리고 있는 아시아에서도 마찬가지입니다. 정의, 민주주의 및 국민의 삶의 개선을위한 투쟁은 그들 자신의 싸움입니다. 팬데믹 시대에 레바논의 불안, 팔레스타인에 대한 우려, 그리고 현재 2021 년으로 연기된 *두바이 월드 엑스포 2020* 과 *카타르 2022 축구 월드컵*의 지연에 대한 우려와 지연으로 인한 경제적 위협이 있었습니다. 따라서 유럽, 아프리카 및 아시아와 연결되는 아시아 서부 지역도 매우 중요한 공급망 역할을 합니다. 이란이나 사우디 아라비아의 내부 정치에 대한 제재는 특히 현 시대에 치명적인 비율이 될 수 있습니다. 이스라엘-팔레스타인 문제를 [15] 둘러싼 긴장, 레바논을 제외한 요르단의 취약한 경제, 그리고 물론 재건의 길을 알 수 없는 황폐화된 이라크-시리아는 장기적인 해결책이 없는 가장 시급한 문제 중 일부이며 설상가상으로 세계적 대유행이 여기에 있습니다. 재앙과 세계적 대유행에 대해 말하자면, 최악의 인도주의적 위기는 현재 예멘이지만 중동의 도전은 아직 끝나지 않았습니다. 지금은 세계가 이 지역을 바라보아야 할 때입니다 [16]

이제 문제는 논문이 아시아를 더 자세히 살펴보고 서아시아와 아시아의 다른 지역에 대해 깊이 들어가기 전에 아시아와 아시아가 왜 중요한지 이해하는 것이 필수적이라는 것입니다. 아시아의 정치와 오늘날의 세계는 아마도 세계의 다른 대륙보다 더 밀접하게 연결되어 있을 것입니다. 유럽의 다른 대륙을 살펴보면 유럽 연합

---

[15] (다니엘 아벨라 & 비앙카 페라리, 2018) "이스라엘과 팔레스타인: 현대 식민주의 이야기"

[16] (Navdeep Suri 와 Kabir Taneja, 2020) 에서 액세스 Hindu.com: "걸프만과 서아시아를 연결하는 전염병 위기"

자체가 일반적인 용어로 폐쇄되는 연합입니다. 이제 완료된 프로세스인 Brexit 은 말할 것도 없습니다. 대서양 아래로 더 내려가면 아메리카 대륙이 있습니다. 북부 전선에는 cov19 위기의 영향을 확실히 받은 미국이 있습니다. 미국은 전염병 대비 측면에서 최고의 국가로 선정되었지만 현실 세계에서 자유 세계의 수호자로 추정되는 사람은 covid19 를 억제하기 위해 고군분투하고 있었습니다. 반면에 캐나다는 실제로 글로벌 플레이어가 아니었지만 국내 삶의 질 수준 측면에서 자신의 위치를 유지했습니다. Covid-19 대유행 기간에도 불구하고 캐나다는 고통에도 불구하고 처음에는 인구 수 감소와 기타 조치 [17] 덕분에 정상 궤도에 올랐습니다. 마지막으로 북미 본토에는 신흥 경제국으로 남아 있지만 번영하고 강력한 캐나다와 미국에 둘러싸여 있는 멕시코가 있습니다. 언급 된 두

---

[17] (Raluca Bejan 및 Kristina Nikolova, 2020) Dalhousie University 에서 액세스 "캐나다가 covid19 사례 및 사망에 대해 다른 국가와 비교한 방법"

나라 (Velasco, 2018)로 인해 세계 정치에서의 역할이 심각한 영향을 받았다는 것은 말할 것도 없습니다

북아메리카의 끝과 남아메리카의 시작 전에 중앙 아메리카의 작은 부분이 있습니다. 인도 아대륙과 비슷하지만 훨씬 작은 지역으로, 빈곤에 시달리는 "바나나 공화국"과 미국 돈으로 인해 성장한 파나마 형태의 예외로 나뉩니다. 확산되면 일부 섬은 아이티 또는 길 잃은 쿠바와 같은 틀에 박힌 카리브해가 있고 다른 일부는 도미니카 공화국, 바하마 등과 같은 전염병으로 인해 위협을 받고 있지만 번영하고 있습니다. 이것이 글로벌 맥락에서 왜 그리고 어떻게 중요한지에 대한 질문이 제기될 수 있습니다. 그것은 나중에 대답할 것입니다. 이제 남쪽으로 이동하면 얼마 전까지만 해도 세계의 신흥 지역에서 사회주의와 평등주의 사회에 대한 새로운 희망으로 여겨졌던 미국 남부가 있습니다. 식민주의의 오래된 상처와 더 오래된 문명과 그들의 사상이 남미의 큰 역할을 위해 나란히 놓일 수 있는 사회. 그러나

아르헨티나 통화 위기에서 시작하여 빈곤과 브라질을 떠나 더 큰 쇠퇴에 이르기까지 방황하는 것은 남미에서 실패했습니다. 아르헨티나와 브라질의 형태로 두 강대국에 대한 기대는 경쟁에도 불구하고 일종의 몰락이었습니다. 페루, 칠레와 같은 국가는 문제에도 불구하고 경제적으로 성장했지만 라틴 아메리카에 미칠 수 있는 낙수 효과 측면에서 번영은 거의 중요하지 않습니다.

미국의 북부와 남부, 중부 및 카리브해에 대한 아이디어는 많은 국가와 개별 역할, 열망, 성공 및 실패를 교차합니다. 이제 우리가 아시아로 돌아와서 가장 중요한 것은 식민지 시대부터 중동이라고도 불리는 아시아 서부 지역입니다(라마단, 2018). 그러나 이 기사와 마찬가지로 미국을 둘러보았지만 간단히 말해서 맥락의 요점은 아시아가 세계에서 가장 중요한 역할 중 하나인 방법과 이유에 대한 관심을 불러일으키는 것이었습니다. 이제 중동으로 돌아와서, 이 지역은 여전히 안보 측면에서 아시아 지역을 주로 서방과 묶는 주요 접촉 지점이기 때문에 중요한 역할을 합니다. 서아시아는 식민 정권과 함께 인공 국경이 더 복잡해진 국가들의 관점에서 격변을 겪었습니다. 그런 다음 거버넌스와 민주주의의 중요한 측면이 나옵니다. 아시아뿐만 아니라 전 세계가 관련성을 갖는 중요한 지역입니다. 따라서 서아시아는 항상 세계의 중요한 지역이었고 그 격동의 성격은 지정학적 측면에서도 세계를 주도했습니다. 이제 역사적으로 난기류의 진원지였던 이 지역이 어떻게 평화와 번영을 함께 전진할 수 있을지 의문이 남습니다. 역사적으로 갈등이 지배했던 이 질문에 대한 간단한 답은 없습니다.

서아시아는 에너지 정치, 식민지 제의로 인해 더욱 복잡해진 역사적 갈등을 가지고 있습니다. 오늘날 들어와 국가를 지배했던 유럽 열강은 그 자체로 독립적이고 자랑스러운 국가가 되었습니다. 그러나 중동 세계는 종파주의, 종교적 분열로 인해 항상 사람들의 목소리를 밀어붙였습니다. 상황은 종교, 정치적 견해 등을 넘어 사람들을 관리했던 독재 정권에 의해 통제되었습니다. 이것들은 항상 외부 개입을 허용해 온 속성들이며, 특히 미국과 러시아의 형태로 세계의 두 강대국의 형태로 허용되어 왔다. 아시아의 세기로 선전되고 있는 세기와 지난 20년 동안 아시아는 분명히 그것을 실현하는 길을 걸어왔지만, 서아시아를 아시아 연대의 첫 걸음으로 볼 필요가 있습니다. 전쟁으로 황폐해진 국가들이 있는 서아시아 지역과 아시아의 두 이슬람 세력 간의 대리전 전장은 대륙에 좋은 징조가 아닙니다. 에너지 경로와 아시아와 세계가 아닌 지역의 중요성이 있습니다 [18]. 세계에서 가장 부유한 나라들이 있는 이 지역은 특히 유럽에 가장 인간적인 난민 중 하나가 되었습니다. 이것들은 시간이 필요하지만 살펴보고 분류해야 할 가장 큰 질문 중 일부입니다

아시아 경제 통합

이제 우리가 아시아의 다른 지역으로 이동하면 유럽의 뒷마당은 말할 것도 없고 유럽과 아시아를

---

[18] (F. Rizvi, 2011) onlinelibrary.wiley.com "문명 충돌의 사회적 상상을 넘어서"

연결하기 때문에 중앙 아시아가 될 수 있습니다. 중앙 아시아는 에너지가 풍부함에도 불구하고 더 차분했습니다. 정치적 난투극이나 군사력의 과시가 있었다는 것은 말할 것도 없지만, 정치적 균형이 러시아에 너무 유리하여 세계에 거의 영향을 미치지 않습니다. 아시아에 대한 중요성 측면에서 중앙 아시아 지역은 한때 실크 무역의 주요 중심지였으며 소련 정권 이후 에너지 정치의 온상이되었습니다. 러시아는이 지역을 통제하고 심지어 공격적으로 유지하려고 노력합니다. 2008년 조지아는 러시아의 공격을 받았지만 이웃 국가인 조지아와 마찬가지로 세계는 침묵을 지켰습니다. 현재 covdi19 위기의 시기에 중앙아시아는 상대적으로 영향을 덜 받았고 투르크메니스탄과 같은 국가는 이미 정상적인 시나리오 모드에 있습니다. 이제 소련 정권 이후 중앙아시아가 그 어느 때보다 중요해졌다는 의문이 제기된다. 대답은 '예'이지만 그럼에도 불구하고 러시아의 영향을 받고 있습니다. 이로 인해 아시아의 이 지역은 세계 정치에서 매우 중요한 역할을 하게 되었습니다(Foreign Policy,

2020). 중앙아시아 지역에 대한 아이디어는 러시아의 균형을 유지하면서 각 지역의 발전을 계속하는 것입니다. 이것은 아제르바이잔과 같은 특정 국가에 기인 할 수 있지만 카자흐스탄, 우즈베키스탄과 같은 국가는 여전히 주권을 억제하고 있습니다.

이제 문제는 중앙아시아 지역을 그토록 중요하게 만드는 것이 무엇인지, 그리고 아시아 내에서 더 큰 번영과 협력을 위해 어떤 조치를 취할 수 있는가 하는 것입니다. 이를 위해서는 중앙아시아 국가들이 단결해야 합니다. 그들은 *유라시아 연합* 과 *상하이 협력 조직의* 일부이지만 이 두 조직은 완전히 다른 제안을 보여줍니다. 전자는 러시아를 계속 책임지도록 설계된 노조와 비슷합니다. 후자는 더 다자적이며 중국, 인도, 파키스탄 및 물론 러시아를 포함하는 여러 플레이어가 있습니다. 따라서 이것은 중앙아시아를 사용하여 첫 번째 단계로 에너지 인프라 프로젝트를 구축하기 위해 검토 할 수있는 플랫폼입니다. 그것은 첫 번째 플랫폼으로 볼 수 있으며, 이것은 진정한 정치 게임을하고 있음에도 불구하고 특히 에너지 안보와 관련하여 아시아의 공동 번영이 해결 될 수있는 곳입니다. 대부분의 중앙 아시아 국가들은 민주주의에 의존하지 않거나 의사 민주주의이지만, 불안을 없애기 위해서는 개발 작업을 계속하는 데 달려 있습니다. 번영 측면에서 앞서 나가는 국가가 몇 개 있지만 중앙 아시아의 일부 국가는 여전히 인간 개발이 낮고 인도와 같은 국가는 자체 인간 개발 문제에도 불구하고 들어올 수 있습니다. 말할 것도 없이 중국은 이미 이웃에 투자하고 있지만 이곳을 독점적인 뒷마당으로 여기는 러시아를 괴롭히고 싶지 않을 수도 있습니다.

아시아의 에너지 회랑에 대한 아이디어와 가장 중요한 에너지 무역의 역학은 중앙 아시아 지역이 가장 중요한 곳입니다. 타지키스탄, 투르크메니스탄, 카자흐스탄, 우즈베키스탄과 같이 대부분 "*스탄*"으로 끝나는 국가를 포함하는 중앙 아시아 국가를 살펴보면 카자흐스탄도 큰 나라이며 이 지역에서 더 많은 역할을 할 수 있습니다. 그들의 무역 파트너는 더 많은 아시아 국가가 될 수 있습니다. 중국은 이미 이들 국가에 많은 투자를 했으며 인도도 코로나 19 팬데믹 이전의 에너지 및 안보 정책 측면에서 이 지역을 바라보고 있다는 점은 말할 것도 없습니다. 그러나 이 팬데믹 이후 모든 국가의 방정식이 바뀌었을 것이고 특히 아시아 국가들은 더 많은 가교 역할을 하고 "아시아 에너지 영역"을 추진할 수 있었을 것입니다(라마단, 2018). 사우디 아라비아, 카타르,이란과 같은 서구에서 우즈베키스탄, 카자흐스탄, 심지어 동남아시아와 동남아시아의 중앙 아시아 국가에 이르기까지 아시아 에너지 생산국에 대한 전체 아이디어는 멀리 떨어져있는 것처럼 보일 수 있지만 가능합니다. 사실, 중국과 인도가 아시아와 유럽을 오가는 화물 열차와 마찬가지로 에너지 파이프라인의 형태로 현실이 될 수도 있습니다. 일부 영역에서 투자가 이루어졌지만 더 많은 것을 기대할 수 있습니다. 차바하르 항구가 있는 이란은 서방의 제재를 실용적으로 극복하는 새로운 에너지 및 무역로로 부상했습니다.

중앙 아시아의 전체 지역은 일단 인프라 구축을 시작하지만 중국이 꿈꾸는 "*일대일로*" 이니셔티브의 형태로 꿈꾸는 프로젝트뿐만 아니라 그 라인에서 유사하고 더 포괄적입니다. 중앙 아시아는 아시아가 에너지 확보, 인프라 개발, 그리고 가장 중요한 것은 사람들의 삶을위한 번영을 꿈꿀 수있는 플랫폼이 될 수 있습니다. 일부 국가는 할 수 있었거나 그 과정에 있는 반면, 다른 국가는 여전히 국가로서의 정체성을 파악하고 있는 것으로 보이며 그 방향을 찾는 데 더 많은 시간이 필요할 수 있습니다(Narins & Agnew, 2020). 그러나 한 가지 중요한 점은 에너지 거래 및 균형 잡힌 지정학적 관점과 결합된 인프라가 이 지역의 [19]번영을 가져올 수 있다는 점에 주목해야 합니다. 지난 40 여 년 동안 경제 성장과 빈곤 감소 측면에서 좋은 성과를 거두었음에도 불구하고 거대한 경제 발전의 길을

---

[19] (Eleanor Albert, 2019) Thediplomat.com "러시아, 중국의 이웃 에너지 대안"에서 액세스

앞두고 있는 아시아는 한 단계 더 나아가야 합니다. 이것이 중앙 아시아의 역할이 들어오는 곳입니다. 유럽은 에너지를 러시아에 의존하고 있지만 다른 중앙 아시아 국가들과도 무역을 하고 있습니다. 그러나 아시아의 경우 중앙아시아 국가들은 살펴봐야 할 시장이 많고 앞서 언급한 바와 같이 아시아의 모든 지역이 연결될 수 있는 곳으로 이 지역을 구축하기 위한 협력 가능성도 있습니다. 대륙 개발을 위한 경제적 번영이라는 공유된 비전을 통해 일어날 수 있는 연결.

우리가 경제 발전과 번영의 맥락에서 계속 중앙 아시아에서 돌아 다닌다면 동아시아 지역을 바라 봐야 할 것입니다. 1 인당 소득과 개발 측면에서 볼 때 서유럽, 미국, 캐나다, 호주의 1 인당 소득에 비해 여전히 약간 뒤쳐져 있지만 아시아의이 지역이 진정으로 아시아의 꿈을 뛰어 넘었다는 데는 의심의 여지가 없습니다. 유럽과 미국을 제외하고 초기 단계에서 산업화 된 아시아 지역은 동아시아의 기적 [20]을 통해 아시아 성공의 정점에 있었다. 동아시아 지역을 살펴보면 유럽 대륙과 같은 작은 국가이지만 일본, 한국, 대만, 홍콩, 마카오 등과 같이 고도로 산업화되거나 비즈니스 허브를 찾을 수 있습니다. 아시아의 동부는 서구 열강을 막을 수 있었던 유일한 아시아 국가이며 실제로 일본 형태의 제국 세력 자체입니다. 제 2 차 세계 대전 중 악명 높은 핵 재앙 사건으로 황폐화되었지만 아시아의 주요 제조 허브 중 하나로 떠오른 나라. 오늘날 일본은 코로나 19 팬데믹으로 어려움을 겪고 있으며 도쿄 올림픽 개최 여부에 대한 불안감이 더해지고 있습니다. 이미 올림픽은 내년으로 연기되었고, 젊어지게 된 일본의 새로운 아베노믹스는

---

[20] (Birdsall, Nancy M. Campos, Jose Edgardo L. Kim, Chang-Shik Corden, W. Max MacDonald, Lawrence Pack, Howard Page, John Sabor, Richard Stiglitz, Joseph E. 1993) documents.worldbank.org "동아시아의 기적 : 경제 성장과 공공 정책"에서 액세스

제조업과 서비스 경제 강화로 돌아가 앞으로 직면한 도전에 직면해 있습니다.

이제 가장 중요한 문제는 동아시아가 어디에서 일어나 아시아와 세계를 다음 단계로 이끌 수 있느냐는 것입니다. 그것이 "중국"의 역할이 개입하는 곳입니다. 역사부터 현대에 이르기까지 식민지 정복을 제외하고 이 나라는 항상 세계의 주요하고 중요한 부분이었습니다. 고대 문명과 풍부한 문화 영역을 자랑하는 중국은 오랜 혁신의 역사를 가지고 있으며 오늘날 현대에 중국은 세계의 "제조업체"의 역할을 맡을 수 있었습니다 (Minghao, 2016). 오늘날 비약적인 도약과 선진국인 서유럽 국가들을 넘어서고 있는 중국은 거대한 규모의 비즈니스와 무역으로 아시아를 분열시키고 권력 균형을 서쪽에서 "아시아의 중심[21]축"으로 옮길 수 있었던 세계 국가입니다. 지정학적, 인권 침해 또는

---

[21] (Premesha Saha, 2020) orfonline.org 에서 액세스 "'아시아로의 피벗'에서 트럼프의 ARIA 까지: 미국의 현재 아시아 정책을 주도하는 것은 무엇입니까?

중요하게는 내부 정치 메커니즘에 대한 문제가 제기되었지만 오늘날 중국이 아시아 정치의 중심이자 서방 군사력에 도전하는 유일한 강대국이라는 데는 의심의 여지가 없습니다. 그러나 더 중요한 문제는 중국의 부상이 평화적이었고 다른 아시아 국가들도 중국을 지원할 수 있다는 것입니다. 대답은 매우 일반화되어 있지만 여전히 "Asian Pax Lens"를 방해하는 많은 아시아 지역의 대답으로 볼 수 있습니다(Lu et al.2018).

동아시아의 기적은 한국, 일본, 중국과 같은 나라들을 빈곤의 대열에서 벗어나 오늘날 세계에서 가장 중요한 경제 강국으로 밀어낸 기적입니다. 코로나 19 팬데믹 속에서, 그리고 포스트 팬데믹 상황에서 아시아를 이끌어가는 현 시대에 동아시아의 역할이 매우 중요해지는 곳입니다. 이미 한국은 성공적인 사례 연구로 부상했다. 마찬가지로 중국은 바이러스를 세계에 알리는 초기 비밀과 바이러스 확산을 허용한 것에 대해 비판을 받았지만 기록에 따르면 여전히 바이러스 감염을 막는 데 성공했습니다. 동시에 중국은 외교적, 지정학적 긴장에 휩싸여 있지만 여전히 끝나지 않은 역할을 하고 있습니다. 중국은 코로나 19 퇴치에 필요한 마스크와 기타 장비를 나눠줌으로써 명성을 지키기 위해 노력했지만 국가 브랜드로서의 중국의 명성에 일정한 손상이 있었습니다. 중국이 이른바 '늑대 전사' 외교(CNN.com)에서 단호하기보다는 매우 중요한 맥락이 있다. 침략으로 뒷받침되는 외교이지만 중국은 아시아 국가들을 더 가깝게 만들 기회를 잃을 수 있습니다. 중국은 한때 그들에게서 보았던 주도권을 잃었고 이제 대륙은 그들의 영향력에서 벗어나려고 합니다(Liang 2020). 이것은 오랫동안 머무를 수 있지만 중국을 위한 일은 지금 당장 시작됩니다.

아시아 국가들과 중국의 협력은 진정한 협력을 통해서만 시작될 수 있습니다. 여기서 "진정한"이라는 단어는 국제 관계의 세계에서 유토피아적이거나 비현실적으로 보일 수 있습니다. 그러나 중국이 아시아 국가들의 신뢰를 쌓고 영토 열망을 부드럽게 할 수 있다면 가능하다. 반면에, 일본과 한국은 자신들의 차이점을 해결하려고 노력해 왔지만, 한국은 또한 조선 민주주의 인민 공화국 (북한)의 형태로 북쪽 이웃에 대해 경계해야합니다. 홍콩의 소요 사태와 최근 홍콩에 대한 중국 법의 통과로 인해 자치 지위가 무너졌습니다. 대만에 대한 중국의 제안도 같은 맥락이었다. 중국이 중심에 있었던 이러한 자극제는 아시아 정치를 주도하고 있습니다. 아시아에 대한 주요 정책 변화는 다른 아시아 국가들이 중국의 주장에 대한 대안으로 뭉칠 수 있을 때, 그렇지 않으면 중국이 위 단락에서 언급한 대로 방식을 바꿀 때만 나타날 수 있습니다. 두 번째 대안은 확실히 "Real Politik"의 중국 버전을 고려한 유토피아적 노선에 대한 터무니없는 대안입니다(Johnston, 2019). 그러나 첫 번째 내러티브로 돌아가서, 투자, 무역 및 경제가 이익보다 더 많이 보아야 하는 팬데믹 이후의 세계에서 아시아의 통합에 대한 아이디어를 고려한다면 가능합니다. 동아시아 이웃의 협력 축은 대륙 전체에 유출 될 수 있습니다.

아직 논의되지 않은 아시아 지역은 동남아시아와 남아시아입니다. 이 지역을 살펴보면 아시아와 세계의 지정학은 현재 이 두 중요한 지역을 중심으로 하고 있습니다. 동남아시아를 살펴보기 시작하면 ASEAN 의 형태로 하위 지역 그룹을 형성 할 수 있었던 지역이 잘 작동했습니다. 이 지역은 세 가지 범주의 국가로 나눌 수 있으며, 그 중 일부는 고도로 발달, 개발 도상국 및 가장 개발이 덜 된 국가입니다. 가장 발전된 싱가포르, 말레이시아, 브루나이. 인도네시아, 베트남, 태국, 필리핀은 개발 중이며 이미 아시아에서 중요한 발자취를 남기고 있으며 세계 경제도 성장하고 있습니다. 마지막으로 캄보디아, 라오스, 미얀마가 가장 개발이 덜 된 국가입니다. 이제 아시아의이 중요한 지역은 새로운 "아시아의 경제 거품"이라고 불릴 수 있습니다. 싱가포르와 말레이시아와 같은 곳은 이미 서비스 및 은행 중심지로 자리 매김했습니다. 그들은 전염병이 닥치기 직전에 정치적 격변을 겪었고 여전히 진행되고 있는 말레이시아에서 더 두드러지는 내부 민족 분열을 가지고 있습니다.

반면에 브루나이는 석유가 풍부한 국가이며 매우 이슬람 지향적인 사회를 가지고 있습니다. 동남아시아의 브루나이는 서아시아 국가들을 반영하는 것과 같습니다. 따라서 동남아시아의 이러한 부유 한 경제는 아시아 대륙의 투자 및 무역 측면에서 중요한 역할을합니다 (Huang, 2016).

반면 태국, 인도네시아, 베트남, 필리핀과 같은 개발도상국을 살펴보면 모두 경제적 의무뿐만 아니라 안보 책임도 가지고 있습니다. 불행히도 중국 형태의 아시아 국가와 관련이 있습니다. 남중국해의 지역은 중국을 다시 중국 남부와 그 추정 자원[22]에 대한 통제와 관련된 공통 요소로 삼고 있습니다. 위에서 언급 한 4 개국은 미국, 인도, 일본, 한국, 심지어 호주 방정식이 들어오는 지리 안보 정치 측면에서 매우 중요한 맥락을 가지고 있습니다. 베트남의 경제 성장은

---

[22] (Rahul Mishra, 2020) Thediplomat.com "남중국해에서 중국의 자해 상처"에서 액세스

확실히 아시아의 새로운 화두였으며 필리핀도 마찬가지로 빈곤, 무자비한 대통령 및 사회 문제에도 불구하고 임박한 ISIS 위협은 말할 것도 없고 해야 할 일이 많음에도 불구하고 여전히 성장하려고 노력하고 있습니다. 그런 다음 태국은 자체 경제적 어려움과 정치적 격변에도 불구하고 아시아 국가의 인프라 프로젝트에 투자하고 있습니다. 태국은 중요한 무역 관련 국가였으며 아시아의 무역 운송 측면에서 중요한 위치를 차지하고 있습니다. 이것은 태국의 중요성이 관광 기반 경제와 별개로 존재하는 곳입니다. 마지막으로 인도를 제외하고 아시아의 차세대 경제로 선전되고 있는 인도네시아입니다. 빈곤과 경제 문제를 포함한 식민지 문제로 어려움을 겪었지만 인도네시아는 시간이 지남에 따라 아시아에서 중요하고 협력적인 국가로 부상하기 시작했습니다.

그 다음은 캄보디아, 라오스, 미얀마와 같은 최빈국입니다. 그들은 그들 자신과 대륙을 위한 발전의 역할을 할 뿐만 아니라 경제적 측면과 관련된 중요한 안보 차원을 가지고 있기 때문에 그들 자신의 중요한 역할을 가지고 있습니다. 중국은 서류상으로는 괜찮아 보일 수 있는 인프라 개발을 위해 이들 국가를 활용해 왔지만 최근 미얀마에서 보고서가 나오면서 내정에 개입하는 경향도 있습니다(Hillman, 2018). 미얀마 정부는 중국이 미얀마에서 테러 단체를 선동하고 있다고 불만을 토로했습니다. 동남아시아와 남아시아의 교차로에 있는 인도에서도 열성적인 투자를 하고 있으며 꾸준한 관계를 유지하고 있습니다. 실제로 인도는 미얀마 정부와 공모하여 인도 북동부의 반군에 대한 외과 공격을 수행할 수 있었습니다. 이는 인도가 미얀마가 덜 발전된 중요한 국가라는 것을 알고 있지만 안보 관점에서 전략적 위치뿐만 아니라 광물 형태의 중요한 자원을 보유할 수 있는 엄청난 잠재력을 가지고 있음을 보여줍니다. 이것은 중국이 미얀마에 막대한 투자를 해왔지만 인도가 동부의 확장된 이웃의 일부로 간주하는 국가 중 하나이며 인도의 형태로 중요한 안보 관점을 가지고 있습니다. 중국은 또한 Covid-19

위기 [23]동안 미얀마와 "마스크 외교"를 시도하고 있습니다.

그러나 문제는 미얀마 정부가 어떻게 진화해 왔으며 가까운 장래에 어떻게 발전할 것인가 하는 것입니다. 미얀마는 아시아에서 인종적으로 분열된 국가 중 하나이며 미얀마를 글로벌 뉴스로 몰아넣은 로힝야족 위기는 말할 것도 없습니다. 이 위기는 또한 미얀마 민주주의의 수호자로 여겨졌던 "아웅사 수지 여사"에게 흠집을 의미했습니다. 그러나 로힝야족 위기에 대처하는 그녀의 역할은 서방에서 잘 보이지 않았습니다. 그녀는 평화와 민주주의를 위한 투쟁에 대한 많은 서구의 인정을 박탈당했을 뿐만 아니라 이제 강경한 불교적 접근 방식을 취한 미얀마의 정치 역학에 변화가 있음을 의미했습니다. 민족과 종교의 분열 국가를 오랜 기간 동안 통합하는 종교 기반 국가. 미얀마의 중요성은 전략적 문턱 국가로 남을 것이며 계속 성장할 것입니다. 마지막으로

---

[23] (Alicia Chen, Vanessa Molter 2020) fsi.stanford.edu "마스크 외교: 코로나 시대의 중국 내러티브"에서 액세스

캄보디아와 라오스는 경제 활력을 되찾고 아시아 이야기의 성장 엔진에 오르기 위해 노력해 왔지만 여전히 주로 중국 투자 [24]에 의존하고 있습니다. 뿐만 아니라 공산주의의 정치 구조도 오랫동안 중국인에 의해 활용되어 왔습니다. 현재의 팬데믹을 분수령으로 삼고 인도, 일본, 한국과 같은 다른 국가들이 아시아의 꽃을 실현할 수 있는 "아시아 팍스의 렌즈"를 실현하는 꿈을 실현하기 위해 이들 국가에 투자하는 것이 중요합니다.

이제 남아시아 지역은 매우 복잡한 이웃과 권력 투쟁이 중심에 있습니다. 삼각 사랑 이야기와 같은 권력 투쟁. 아시아에서 가장 낙후된 지역 중 하나이지만 현재뿐만 아니라 가까운 미래에도 가장 많은 잠재력과 성장을 보유하고 있는 지역에 대한 탐구와 통제에 대한 사랑. 오래된 지정학적 라이벌인 인도와 파키스탄 사이의 권력 추구는 말할 것도 없고, 이 삼각형 권력 탐구에서 상황을 매운 맛으로 만드는 것은 말할 것도 없고, 중국의

---

[24] (Chee Meng Tan, 2015) theasiadialogue.com "동남아시아의 인프라 투자와 중국의 이미지 문제"에서 액세스

방정식입니다(Guo et al, 2019). 번영하고 성장하는 아시아를 위한 아이디어는 이 지역에서 가장 도전적인 과제입니다. 이 지역은 인도에서 가장 중요한 맥락을 가지고 있습니다. 여전히 진행 중인 코로나 19 팬데믹의 도전의 현재 맥락에서 인도는 갈완 계곡에서 중국과 충돌했습니다. 중국과 인도 간의 갈등은 적어도 7 수십 년 동안 인도와 파키스탄에 의해 가려졌습니다. 그러나 아시아의 정치 게임의 현재 맥락은 진화하는 관계의 맥락에서 매우 중요합니다. 중국과 인도의 관계, 두 오래된 문명이 현대 민족 국가로 바뀌면서 새로운 시대의 경쟁이 시작되었습니다(Hillman, 2018). 문화적 접촉과 학문적 방문에서 비롯된 이 두 오래된 문명 사이의 관계는 오늘날 새로운 잎사귀를 돌렸습니다.

인도와 중국은 남아시아뿐만 아니라 세계 [25]정치의 중심에 있습니다. 금액 측면에서 중국은

---

[25] (Ayush Jain, 2020) eurasiantimes.com 에서 액세스 "갈완 이후 히마찰은 인도-중국 국경 분쟁에서 다음 큰 문제가 될 수 있습니다"

아시아뿐만 아니라 아프리카 및 라틴 아메리카 국가에 대한 투자 또는 지원 측면에서 더 많은 돈을 지출했습니다. 그러나 아시아로 돌아와서, 인도-파키스탄의 열기나 중국은 물론 이웃 국가들과 내부 정치적 문제를 안고 있는 매우 이상하고 복잡한 경쟁이 벌어지고 있으며, 일본과 한국, 그리고 아세안 국가들과의 지정학적 경쟁도 잊지 말아야 합니다. 남아시아 정치에 대한 아이디어는 일반적으로 인도-파키스탄에 국한되며 스리랑카, 방글라데시, 후기 네팔과 부탄에 대한 언급이 가끔 있습니다. 그러나 이 모든 지역이 어떻게 중요해지고 그렇게 많이 이야기된 적이 없습니다. 그 이유는 이 지역이 인도의 다른 모든 정당하게 자랑스러운 주권 이웃 국가에 대한 공격이 없는 인도 아대륙의 형태로 인도의 확장으로 여겨졌기 때문입니다. 이 지역을 보는 것에 대해 말하자면, 불행히도 서구뿐만 아니라 아시아 지역도 근시안적인 비전입니다. 특히 건강, 교육 및 삶의 질에 대한 많은 매개 변수에서 남아시아는 사하라 사막 이남의 아프리카와 비교할 수 있으며 두 지역과 그들이 직면한 문제를 최대한 고려할 수 있습니다.

    남아시아 지역과 인도의 역할은 이제 단순한 원조 제공자에서 전체 지역을 이끌 수 있는 지도자이자 지도자로 변모했습니다. 인도는 천천히 그리고 꾸준히 그 역할을 맡아 왔습니다. 남아시아 지역뿐만 아니라 대륙 전체에 중요한 역할입니다. 인도는 이미 남아시아 기후 위성 발사, 인프라 구축, 새로운 무역로 개척, 보건, 과학 및 기술 협력 측면에서 그 역할을 맡았습니다. 그러나 이 모든 와중에 인도는 파키스탄을 곁길로 인도하는 데 매우 조심스럽고 미묘했습니다. 이것이 바로 인도가 *BIMSTEC, Chabahar 항구 프로젝트*와 같은 아대륙 양쪽에 새로운 플랫폼을 열었고 상하이 협력기구에 가입 한 이유입니다. 이 모든 것은 아시아에서 인도의 변화하는 역할의 일부였습니다. 그러나 중국-파키스탄 각도가 있다는 점도 염두에 두어야 합니다. 이란, 서부 및 중앙 아시아와 같은 아대륙을 훨씬 넘어 아시아의 다른 플레이어도 포함하는 각도입니다. 팬데믹 이전에도 남아시아 지역에서 권력과 영향력을 위한 싸움이 있었습니다. 이제 코로나 19 이후 시나리오 서구 세계가 가라앉고 미국이 아시아로 선회하는 프로그램과 미국과 중국 간의 지정학적 긴장이 다가옴에 따라 권력 지렛대가 아시아로 이동함에 따라 현재 남아시아의 새로운 역할이 있습니다.

많은 역사와 세계에서 가장 오래된 문명과 인류 문명의 마음 속에 새겨진 그 영향력이 있는 지역이 이제 그 명성을 되찾았습니다. 충돌, 협력 및 대부분 인도-중국 관계 [26]의 형태로 혼합된 형태의 두드러짐. 그러나 서아시아, 중부아시아, 동아시아 및 동남아시아로 둘러싸인 남아시아 지역에서이 지역은 매우 중요한 위치를 차지하고 있음을 잊지 말아야합니다. 아시아의 세기가 한 바퀴 도래해야 한다면, 남아시아의 이 지역, 특히 인도와 그 이웃 국가들이 해야 할 역할이 있습니다. 팬데믹 기간 동안 의약품 외교와는 별개로 인도로부터의 의약품 수출이 증가했으며,

---

[26] (Antara Ghoshal Singh, 2020) Thehindu.com 에서 액세스 "교착 상태와 중국의 인도 정책 딜레마"

중국도 그들에 대한 혐의에도 불구하고 그렇게 하고 있다는 것은 말할 것도 없습니다. 또한 무역의 성장, 에너지 회랑 및 삶의 질 향상은 국내 정치뿐만 아니라 국제 정치를 주도하는 가장 중요한 요소입니다. 인도의 에너지 파이프라인 프로젝트와는 별개로 인도의 이웃 국가들에 걸친 중요한 인프라 프로젝트에 대한 *String of Pearl 의 투자를* 통해 중국의 이른바 인도 포위망에 대응하기 위한 프로젝트를 제외하고 중국의 새로운 실크로드 프로젝트에 중요한 지역은 분명히 더 이상 [27]무시할 수 없는 남아시아를 바라볼 충분한 이유가 있습니다. 남아시아 지역이 앞으로 나아갈 때가 왔고 아시아의 새로운 질서가 등장함에 따라 오래된 강대국의 사소한 정치에 둘러싸여 있지 않습니다.

아시아 소지역의 지역적 열망에서 벗어나 오늘날 이 세계에서 아시아와 아시아만의 역할이 더 커지고 있습니다. 세계에서 가장 큰 사람이

---

[27] (G.S. Khurana, 2008) tandfonline.com "인도양에있는 중국의 진주 끈과 그 안보 함의"에서 액세스

거주하는 대륙인 대륙은 그 자체로 도전과 문제를 안고 있습니다. 세계에서 가장 복잡한 역사적 문제 중 일부는 아시아 대륙에 있습니다 (Fan, 2007). 남북한 반도 간의 지정학적 경쟁, 이스라엘과 팔레스타인 간의 종교적 경쟁, 그리고 이스라엘과 다른 아랍 국가 및 이란 간의 종교적 경쟁도 잊지 말아야 하며, 중국과 같은 각도로 인도와 파키스탄 사이의 핵 추진 무서운 적대감, 그리고 마지막으로 가장 중요한 것은 시아파 이란과 수니파 사우디아라비아의 이슬람 세계 간의 대리 전쟁 기반 경쟁입니다. 여기에 언급 된 문제는 엄청난 비율입니다. 러시아, 미국, 서유럽, 이란, 사우디아라비아 등 강대국들의 놀이터가 된 이라크와 시리아의 몰락한 나라들은 매우 진지하게 고민할 필요가 있다. 서아시아는 아시아에서 가장 불안정한 지역 중 하나로, 아시아 내에서 미래의 번영과 협력을 구축하고 더 큰 세계에 미치는 영향에 많은 이해 관계가 있습니다. 아시아는 함께 모여 다른 강대국들, 특히 서구로부터 격리되어 아시아 중심의 세계를 건설하고 아시아에서 이러한 강대국의 영향력을 막아야 하며, 이것이 아시아의 꿈을 앞으로 나아가 [28]게 할 것입니다.

특히 한반도에서 이러한 문제를 해결하려는 생각은 그 지역을 넘어서는 강대국을 넘어섰습니다. 이 문제는 충분히 오래 지속되었지만 해결책이 없었습니다. 마찬가지로, 이스라엘과 팔레스타인의 경우, 이스라엘의 서방 지원과 팔레스타인의 지원을 받는 아랍 세계에 대항하는 새로운 친구들은 두 가지 국가 솔루션을 통해 해결책을 가질 수 있지만 아직 일어나지 않았습니다. 인도와 파키스탄에 관해서는, 몇 차례의 전쟁과 파키스탄이 인도를 괴롭히기 위해 지원하는 테러리즘에 관해서는, 이 두 이웃 사이에 불안이 놓여 있으며, 그 불안은 인도 아대륙 전체나 남아시아로 퍼지고 있습니다. 또한 언급했듯이 중국의 각도가 있습니다. 이 모든 가운데 예멘, 시리아, 이라크, 리비아, 심지어 이집트에서 대리전을 통해 서아시아와

---

[28] (P. Duara, 2001) jstor.org "문명과 범 아시아주의의 담론"에서 액세스

북아프리카 지역으로 확산되는 이란과 사우디아라비아 간의 경쟁은 아시아 [29] 지역의 안정이라는 맥락에서 중요합니다. 카타르와 UAE 사이에는 서아시아에서 이 지역의 패셔너블한 부유함을 상징하는 국가라는 경쟁 측면에서 다른 골절선이 있다는 것을 잊지 마십시오. 그들 사이의 문제는 카타르가 *ISIS/Daesh* 를 지원한다는 주장과 외교적인 것으로 추정되지만 다른 각도도 있습니다. 사우디-아라비아처럼 사물이 혼합되어 있습니다. 이스라엘-이란의 관계가 어둡고 요르단은 말할 것도 없고, 레바논은 서아시아의 위험한 이웃을 제외하고 그들만의 사회경제적 문제를 안고 있습니다.

결론

아시아가 APEC(아시아태평양경제협력체)이나 미국이 후원하는 환태평양경제동반자협정(TPP), 중국이 후원하는 RCEP(역내포괄적경제계획) 등

---

[29] (Marwan Bishara, 2020) Aljazeera.com 에서 액세스 한 "중동의 어렴풋한 혼란을 조심하십시오"

새롭게 부상하는 주요 무역 블록의 대부분에 아시아가 관여한다는 생각은 아시아가 세계 무역의 중심에 있음을 보여준다. 아시아에서 태평양 건너편에는 호주와 뉴질랜드의 형태로 잘 정립된 두 개의 경제가 있다는 것을 잊지 마십시오. 호주는 큰 대륙 국가이며 많은 광물 자원을 보유하고 있으며 무역 측면에서 아시아 본토 대륙에 중요한 역할을 합니다. 뉴질랜드는 규모는 훨씬 작지만 경제가 발달했으며 무역 측면에서 아시아 본토 국가와 중요한 관계를 맺고 있습니다. 남중국해 지역은 광물 자원이 풍부하고 세계의 주요 무역로 중 하나가 아닙니다. 태평양의 작은 섬 국가들도 대부분 미개척 상태이며 아시아 태평양 지역의 새로운 해양 기반 무역로를 개척합니다. 투자와 세계 무역에서 아시아의 역할에 관해서는 중국과 인도가 아프리카에서 가장 큰 투자자 중 두 곳입니다. 또한 일본과 한국이 이미 자유 무역 협정을 체결 한 후 유럽뿐만 아니라 아시아에서 멀리 떨어진 라틴 아메리카 국가에서도 GDP 기준으로 세계 최대 경제의 뒷마당에 위치한 미국과의 자유 무역 협정을 구축하기 위해 중국과 인도의 흔적이 커지고 있습니다. 따라서 아시아는 이미 무역을 통해 전 세계적으로 활동하고 있습니다. 팬데믹 이후 세계 질서는 우리가 알고 있는 것처럼 바뀌었을 것이고 이는 이미 분명해졌습니다. 권력 구조, 지정학적 연극은 모두 아시아를 기반으로 할 것입니다(Du & Zhang, 2018). 과학, 기술, 인적 자본의 부상은 모두 주로 아시아 대륙을 기반으로 했습니다. 아시아가 현재 기술의 진원지에 있다는 사실을 제시하기 위해 두 가지 예를 볼 수 있습니다. 팬데믹 이전에는 고품질 반도체에 대한 아이디어와 그 양적 측면에서도 대만, 일본, 한국, 중국과 같은 아시아 국가에 있었습니다. 마찬가지로, 세계와 인류 문명이 새로운 분수령에 접근함에 따라 판도를 바꾸는 기술에 대한 이야기 속에서 5G [30] 중국에서 개척 된 기술 . 중국의 위협을 극복하기 위해 영국을 비롯한 서방 선진국인 프랑스는 일본을 바라보며 중국에

---

[30] (Martha Sylvia, 2020) Thediplomat.com 에서 액세스 한 "5G 를위한 글로벌 전쟁이 가열됩니다"

대항하고 있다. 국방, 자동차 기술 등의 측면에서도 아시아 국가들은 일본, 한국, 중국 등과 같은 국가뿐만 아니라 인도, 베트남, 말레이시아, 싱가포르, 필리핀, 태국, UAE 등의 새로운 순위에 의해 강화되고 있습니다. 가장 큰 대륙인 아시아가 서구 무역상과 그들의 제국주의 경향의 출현 이전 수천 년 동안 그랬던 것처럼 가장 위대하고 최고가 될 가능성은 무한합니다. 이 기사에서 이미 언급했듯이 아시아는 거대한 도전에도 불구하고 흥망 성쇠를 거듭하고 다시 상승했지만 펀더멘털은 강하고 상승은 불가피합니다 (Kersten, 2007).

이민과 국경의 정치: 중앙아시아 국가 카자흐스탄 이야기

이 아이디어는 현대에 중앙 아시아나 유럽의 국가가 공유된 경험을 통해 배울 수 있는 방법을 이해하는 것입니다. 이러한 이해를 위해서는 비교 경험과 서로의 공유 학습을 허용하는 것이 중요합니다. 이민 관련 문제에 대한 분석을 위해 논문이 달성하고자 하는 것입니다. 국경과 이민 문제에 대한 아이디어가 이 논문에서 연구할 이주 관련 문제에 대한 중요한 관점을 만드는 방법. 카자흐스탄과 다른 백인 국가 구성원을 막기위한 국경 정책에 대한 이해는 1990 년 이래로 계속되었습니다. 비교 예로, 이탈리아는 이민 아이디어에 대한 자세한 아이디어와 주제에 대한 이해를 가져오기 위해 포르투갈, 스페인의 사례와 함께 초점 국가로 언급되었습니다.

소개:

21^{세기}의 세계는 세계화의 영역을 통해 연결되어 있음에도 불구하고 아마도 가장 파편화된 세계일 것입니다. 그러므로 우리가 Oxymoron (Fassin, 2011)이라는 개념으로 정의 된 세상에 살고 있다는 것을 이해하는 것이 매우 중요합니다. 역사적 배경의 연대기에서 추적하면 오늘날의 세계는 경제 통합 대 붕괴의 관점에서 볼 수 있으며 마찬가지로 정치, 기술 및 사회 및 환경 요인의 영역에서 결합 디커플링의 유사한 개념을 살펴볼 수 있습니다. 이것이 오늘날의 세계가 정의되는 곳이며, 세계 문제에서 결합 - 디커플링 효과가있는 곳입니다. 경제적, 정치적, 사회적, 기술적 측면과 같은 이러한 모든 주요 요인의 관점에서 볼 때 가진 자와 가지지 못한 자 사이에는 명확한 구분이 있습니다. 이것은 인류 문명의 시작부터 존재해 왔습니다. 인간 진화의 단계, 우리의 사회 경제적 진보의 관점에서 볼 때, 인간 사회가 평등 주의적 용어로 존재한다는 생각은 항상 거부되어 왔습니다. 이것은 시스템이 연결되어 있음에도 불구하고 충돌이 발생하는 곳입니다. 21^{세기} 에는 세계가 하나로 뭉쳤음에도

불구하고 여전히 불균형이 분명합니다 (Chacon, 2006). 인류 문명 이주의 시작조차도 이주가 시작된 곳에서 부족한 자원에 접근한다는 바로 그 생각에서 시작되었습니다. 이것은 마이그레이션의 가장 중요한 측면과 커플링-디커플링 효과의 개념 구축이 이루어지는 위치를 정의합니다.

유럽 국가들은 이민자를 다루는 방식에서 큰 분열을 겪었습니다. 위에서 언급했듯이 국경 국가들은 첫 번째 수준에서 이주 문제를 다루었습니다 (Anderson et al. 2000). 그러나 이 논문은 유럽 대륙을 영원히 바꿔놓은 이민 위기에 의해 개발된 통신 프로토콜과 소프트웨어 개발도 추적하고자 합니다. 이민에 대한 아이디어는 새로운 것이 아니며 유럽은 오랫동안 이민에 직면해 왔습니다. 이제 유럽 출신이 아닌 국가가 이러한 관점에서 어떻게 배울 수 있는지에 대한 질문이 생깁니다. 이것은 카자흐스탄과 같은 국가와 유럽 시나리오의 비교 연구에 대한 전반적인 아이디어가 나올 수있는 곳입니다.

이것은 유럽 시스템에서 학습한 것을 기반으로 정책 관리를 위한 아이디어를 구축하는 데 도움이 될 것입니다. 또한 카자흐스탄과 같은 국가가 많은 가난한 나라에 둘러싸인 국가의 이민과 국경을 통제할 수 있는 정확한 방법을 만드는 데 도움이 될 것입니다. 또한 면밀히 조사해야 할 위치와 지리적으로 어려운 국경은 이웃 국가와 긴밀한 조정을 구축하는 유럽 시스템에서 배우도록 수동으로 지시합니다. 카자흐스탄이 생각해낼 수 있는 국가들이 접근하고 관리할 수 있는 합동 순찰과 데이터베이스 관리 방식은 카자흐스탄이 앞으로 나아갈 길을 만들 것입니다. 이는 이주민에 대한 심사, 모니터링 및 적절한 문서화와 관련된 효율적인 작업 프로세스를 허용하는 시스템 관리에 도움이 될 것입니다. 상호 연결된 이 세 가지 과정은 모두 불법 이민 과정을 완전히는 아니더라도 상당 부분 구속하는 데 도움이 될 것입니다.

이제 이탈리아, 카자흐스탄 등 최전선 국가들의 비교 관점에서 이주를 비교해 보면 유사점과 차이점을 이해하는 새로운 관점을 발견할 수 있다. 이 두 나라 모두 많은 국가에서 국경을 공유하거나 구멍이 뚫린 최전선 국가이기 때문에 두 국가의 도전 과제는 중요합니다. 이탈리아는 장기간에 걸쳐, 특히 이민 위기 이후 이주의 정면에 직면했습니다. 해로를 통해 전례 없는 이탈리아와 같은 나라에서 이주가 가능해졌습니다. 2015년부터 그리스를 제외한 이탈리아와 포르투갈, 스페인은 이민 위기 문제에 직면해 있다. 마찬가지로 통일 사회주의 소비에트 공화국의 해체로 탄생한 카자흐스탄은 인구가 많고 불법 밀입국의 이점이 있는 국가들에 둘러싸여 있었습니다. 여기에는 우즈베키스탄, 투르크메니스탄, 타지키스탄, 키르기스스탄 등과 같은 많은 국가들이 상당한 경제적 어려움을 겪고 있습니다. 따라서 카자흐스탄과 같은 국가의 국경과 이주 정책은 도전에 적응해야 합니다. 이 나라는 오랫동안 누르술탄 총리가 집권하면서 안정된 정권의 통치를 받아왔습니다. 그러나 이주의 어려움도 국가가 고려해야 할 중요한 고려 사항입니다. 따라서 카자흐스탄과 같은 국가는 이주와 이주 문제에 대한 완벽한 균형을 위한 도전과 해결책으로부터 배울 수 있습니다. 중앙아시아의 여러 지역에서 들어오는 이민자들의 이민 과정과 유입을 지켜봐야 하는 곳입니다. 이탈리아와 같은 국가의 유럽 경험에서 배운 것이 카자흐스탄과 같은 국가에서 어떻게 사용될 수 있는지입니다. 따라서 이것은 학습 경험에 사용할 수 있는 것입니다. 여기에는 국경 순찰, 문서화, 이주민 통제를 위한 모니터링 정책 및 이들을 적절하게 관리할 수 있는 방법이 포함됩니다.

마이그레이션의 컨텍스트 이해

마이그레이션을 포함하는 프로세스에 대해 말하자면, 중요한 단계는 문서화와 기록의 디지털화 프로세스입니다 (Crepaz, 2008). 그것은 불법 이민자를 찾아 첫 번째 도착 국가에서 추적하는 더블린 협정을 통해 유럽에서 시작되었습니다. 마이그레이션의 전체 프로세스와 이동을 기록하는 것은 확실히 매우 중요합니다. 유럽에서는 디지털 기록을 유지하는 전반적인 프로세스가 움직임을 추적하고 추적하는 데 확실히 도움이 되었습니다. 이주민 관리는 또한 이주민 관리의 책임에 막대한 사회적 비용이 수반되기 때문에 매우 중요한 사회 경제적 관점을 지니고 있습니다 (Flores, 2003). 사람들의 관리를위한 정보와 기술은 위기에 대처하는 데 매우 중요합니다. 자원 관리와 이주민에 대한 할당을 기반으로 한 적절한 계획이 필요한 위기. 여기에는 관리 할 전반적인 관리 프로세스가 포함됩니다 (Wicox, 2009). 이를 위해서는 정보 통신 기술을 사용하고 유지해야 합니다. 독일, 프랑스 및 기타 스칸디나비아 국가와 같은 국가에서는 이주 과정이 많은 정책 관심사였습니다. 유럽 연합 (EU)은 데이터베이스에 가까운 자체 소프트웨어를 개발했습니다. 데이터베이스 관리는 이주 관리 과정과 국가가 원래 도착지에서 이민자를 추적하고 유지하는 방식에 매우 중요합니다. 그 원래 도착지는 정면을 짊어지고 있는 국경 국가였습니다.

이탈리아, 스페인, 그리스 등을 포함하는 지중해 지역의 국경 국가들은 특히 디지털 정책의 개념을 다른 차원으로 끌어 올릴 필요가 있습니다. 이민자들로 넘쳐났던 그리스의 레스보스 섬은 디지털화 과정의 부족과 정보 기술의 사용으로 인해 엄청난 도전에 직면했습니다. 이러한 정보 통신 기술의 부족은 그리 쉬운 일이 아닙니다. 이를 위해서는 기록의 데이터베이스 관리의 적절한 통합이 필요하며, 이는 전체 마이그레이션 위기를 처리할 수 있는 방식으로 중요한 단계가 될 수 있습니다. 이것은 유럽 대륙에서의 이주가 어떻게 형성되었는지에 대한 중요한 맥락을 전면에 내세웁니다. 2015년 위기의 이주가 단지 전환점에 불과했던 것은 아닙니다. 유럽 연합(EU)이 위기에 대처하는 방식을 실제로 흔들어 놓은 해라고 할 수 있습니다. 인권의 가치와 인간 가치에 속한 세계에 대한 생각이 무너졌습니다. 이것은 이민자의 데이터베이스 관리가 중요한 단계였기 때문에 확실히 의문을 제기했습니다. 정보 통신 기술은 유럽 연합 전역의 국가에서 서서히 채택되기 시작했습니다. 2015년의 이민 위기는 다양한 형식으로 이주가 어떻게 일어날 수 있는지에 대한 깊이를 보여주었습니다. 여기에는 컨테이너, 트럭, 물론 난민 보트를 통해 들어오는 것뿐만 아니라 육로 및 기타 새로운 방법으로 건너는 것도 포함됩니다 (Peters, 2015).

정책 기반 목표 및 향후 방향에 대한 결론

"카자흐스탄과 같은 나라는 유럽의 이민 경험에서 어떻게 배울 수 있습니까?" 이것이 가장 중요한 측면이므로 이민자를 입대시키는 과정이 가장 중요합니다. 동부, 북부, 서부, 남부 및 중부 유럽 간의 프로세스 분할과 관리의 투명성은 지역 간 디지털 격차에 대한 중요한 질문을 제기합니다 (Hayter, 2000). 마찬가지로 우즈베키스탄, 카자흐스탄, 투르크메니스탄, 타지키스탄과 같은 국가가 있는 중앙아시아 지역은 이민 및 국경 통제 정책의 조정된 정책이 필요합니다.

이민에 대한 아이디어와 이민이 어떻게 처리되었는지에 대한 분열은 데이터베이스 관리를 통해 상당 부분 처리 될 수 있습니다. 이민 거래의 부담이 평등주의적 측면에서 더 많이

고정되고 분배되었다는 점을 이해해야 합니다. 그러나 이민 및 국경 정책의 통제는 중요한 이민 경로의 일부인 유럽으로 가는 중앙 아시아의 중요한 경로와 국경을 공유하는 카자흐스탄과 같은 국가에 있어야 합니다. 불법 이민을 통제하고 국경 정책을 적절하게 통제하려면 카자흐스탄과 같은 국가가 적절한 이민 데이터 관리가 필요합니다. 이것이 유럽 정책의 비교가 논의 된 이유입니다. 앞서 언급 한 데이터베이스 관리가 유럽에서 나왔지만 데이터 통합과 데이터 관리의 진정성에 대한 전체 아이디어는 마이그레이션 및 관리에 대한 전체 아이디어를 어렵게 만듭니다. 이민자와 그들의 관리의 놀라운 측면은 데이터베이스 관리에서 벗어나는 구성 요소이기도 합니다. 필요한 서류가없는 이민자 명단을 유지하는 것만이 아닙니다 (Flores, 2003). 그러나 이민 위기 해결의 열쇠는 이민자의 경로와 가장 중요한 인신 매매의 근원을 추적하는 데 있습니다. 이 아이디어는 인신매매를 통제하기 위해 이민과 국경의 적절한 통제를 통제하는 것입니다.

따라서 이민은 세계가 이해해야 할 매우 중요한 과정입니다. 그렇기 때문에 위의 단락은 오늘날의 격차의 세계가 규모가 커지는 것처럼 보일 수 있지만 역사적 시대와 격차가 있었다는 것을 이해하기 위한 아이디어를 가져오려고 합니다. 오늘날 세계의 개념은 21세기 이전의 네 가지 위대한 사건, 즉 1 차 세계 대전, **2 차 세계 대전, 탈식민화 과정, 그리고 마지막으로 냉전과 그 종식과 그 여파**로 정의됩니다. 이것이 바로 오늘의 세계가 오늘 도착한 곳입니다. 지난 세기와 금세기의 이주 과정은 인류 역사의 네 가지 주요 변화 중 하나와 관련이 있다고 가정할 수 있습니다. 이와 함께 경제적, 사회적 및 기타 요인의 다른 매개 변수를 추가 할 수 있습니다. 인구 분포와 이주 패턴, 경로는 이러한 요인으로 크게 구성되었습니다. 우리가 21세기에 움직였음에도 불구하고 인간 이주의 다섯 번째 측면이 도래했습니다. 그것은 **아랍의 봄**에 의해 유사한 문화적, 정치적 체제를 가진 북아프리카 지역과 함께 불안정과 독재 정권이 붕괴 된 서아시아 지역에서 나온 것입니다. 튀니지에서 처음 시작되어 서아시아와 북아프리카 지역으로 퍼진 아랍의 봄에 대한 아이디어는 민주주의 물결이 변화를 휩쓸어야 한다고 외치는 시민들의 탄원에 의해 혼란에 빠졌습니다(Wicox, 2009). 이러한 종류의 정치 활동은 세계가 이민을 이해하는 새로운 사고 패턴으로 이동함에 따라 염두에 두어야 합니다. 세계 다른 지역의 이민 경험에 대한 이해는 앞으로 최상의 정책을 구현하는 방법을 가르쳐 줄 수 있습니다.

단원 3: 21 세기 의 세계 역학

왜 그리고 어떻게 미국이 실패했는가?

제 2 차 세계 대전 이후 미국 행정부는 정책 (Logan)에 의해 지배되는 세계 질서의 지배를 받았다. 일정 기간 동안 미국과 소련 사이에 치열한 경쟁이있었습니다. 이 두 세력이 지배하는 세계와 전 세계에 대한 끊임없는 개입은 소련이 붕괴되기 전인 1990 년대까지 세계를 형성했습니다. 그 후 세계 정치와 정책 형성의 또 다른 단계가 왔지만 대부분의 경우 미국에 의해서만 이루어졌습니다.

현실주의, 신 현실주의 또는 자유주의 사상 학파에 의해 주도되는 세계 정치에 대한 생각은 궁극적으로 정책을 추진하는 실용주의를 가지고있다. 지정학은 행정 단위 (Hampton)에 반영 될 수있는 사회 및 요구와 강한 관계를 가지고 있습니다. 냉전 종식 이후 미국은 전 세계에서 하나 이상의 분쟁에 개입했습니다. 미국이 전후 단계에서 독단적이었다면 냉전 이후 단계의 개입도 증가했다. 현재 변덕스럽고,

불확실하고, 복잡하고, 모호한 세계로 알려진 재래식 시대의 불확실한 시대에 미국의 정책 결정 역학은 적응이 느렸을 수 있습니다. 세계화는 세계화가 시작된 것과 똑같은 방식으로 세계 정치에 영향을 미치기 위해 왔습니다.

이것이 서구 세계 중상주의자들이 세계의 다른 지역으로 항해를 시작한 방법입니다. 그런데 냉전 종식 이후 서구 세계에서 권력과 돈이 빠져나가면서 추세가 역전되고 있습니다. 이것은 민간인, 외교 정책 개입 정책뿐만 아니라 서구 열강의 헤게모니 경향으로 고려하는 것이 중요합니다. 미국 지배의 길은 세계 (Morris)의 해석에 기반을두고 있음을 기억해야합니다. 이것은 우리를 윤리 문제로 이끌 것입니다. 문화와 지리적 근접성 측면에서 어떤 식으로든 미국과 관련이 없을 수 있는 세계를 이해하는 것에 대한 질문입니다. 그럼에도 불구하고 미국 외교 정책의 영향은 간과 할 수 없다. 그것은 지난 세기부터 존재해 왔으며 전 세계가 이미 세계화의 물결을 탔기 때문에 균형을 이룰 수 있는 문제가 남아 있습니다. 권력자가 여전히 세계 정치의 영역에서 힘없는 사람들을 먹이로 삼는 윤리 문제. 또한 지난 20년 동안 세계화가 구체화됨에 따라 큰 문제가 남아 있습니다. 따라서 행동이 어떤 종류의 영향을 미칠 수 있는지에 대한 윤리적 문제가 어떻게 종종 지나치거나 의도적으로 잊혀지는지. 2003년 이라크 전쟁 당시 시작된 재앙은 그러한 결정 중 하나로 간과할 수 없는 역사상 그 시기 중 하나입니다(Ryan). 오늘날에도 현대의 지정학에 영향을 미치고 있는 결정입니다. 그러나 관련된 사람들을 살펴보면 질문이 있을 것입니다.

권력을 가진 사람들이 자신의 행동에 대해 대답 할 수 있는지 여부를 결정하는 질문. 책임의 관점에서, 아이디어는 두 명의 다른 미국 대통령 아래에서 가장 젊고 가장 나이 많은 사람 중 한 명으로 데팡스 장관을 맡았던 도널드 럼스펠드와 같은 사람이 그의 두 재임 기간 동안 많은 변화를 보았다는 것을 이해하는 것입니다(럼스펠드). 스캐너 아래에 있는 것은 조지 W. 부시 주니어(George W. Bush Jr.) 휘하의 데팡스 장관으로서의 역할을 기반으로 하며 논쟁의 대상이었으며 이라크 전쟁에 대한 반응에 대한 그의 악명 높은 진술 중 하나를 기반으로 한 다큐멘터리 The Unknown Known 에서도 다루었습니다. 미국의 이라크 개입에 대한 아이디어는 당시 미국이 아프가니스탄에 개입했기 때문에 이미 논의되고 있었습니다. 그 이면에는 미국이 다른 나라와 전쟁을 벌이고 있다는 문제가 제기되었습니다. 병사들은 명확하게 정의되거나 이해되지 않은 목적으로 적극적인 전투에 파견되었습니다. 여기서 에세이는 부시 대통령 (럼스펠드)의 핵심 고문 중 한 명으로서 그의 의사 결정에 대한 질문을 이해하고자합니다. 그의 견해에 근거한 조언은 상상의 적이 이라크 정권과 현직 독재 대통령인 사담 후세인에게 다가가기 위해 만들어낸 것이라고 할 수 있습니다. 그러나 개입 문제에 근거한 신중함과 윤리 문제는 결코 지켜지지 않았습니다. 사담 후세인도 비난을 받았다. 그는 미군의 개입을 정당화하기 위해 그의 비협조적인 태도에 근거한 서방의 의사 소통을 만들었을 협력하지 않았다. 훨씬 후에 찾아온 이라크 정권의 몰락은 미군이 이라크를 점령하는 동안 촉발된 수많은 공포로 치부할 수 없습니다. 또한 관타나모 만에서 포로들이 자행된 고문은 세계를 충격에 빠뜨렸습니다. 이제 이 모든 점들에 관해서는, 윤리의 문제는 잠시 제쳐두더라도, 적어도 합리성을 요구할 필요가 있다. 이라크 개입에 따른 반향과 의심할 여지 없이 독재적이지만 어떻게든 취약한 민족 국가를 유지하고 있는 정권을 전복시키기 위해 생각하지 않은 국방장관. 사담 후세인 정권이 대량살상무기를 제조했다는 결정적이지 않은 증거에 근거한 사담 정권의 전복은 국가, 지역 및 세계를 위험에 빠뜨렸습니다. 사담 정권 붕괴 이후 위협의 증가는 오늘날 전 세계가 볼 수 있는 것입니다. ISIS 의 형태로 알 카에다보다 위험하고 극단적 인 테러 단체가 등장했습니다. 도널드 럼스펠드(Donald Rumsfeld)와 같은 사람이 어떤 종류의 윤리적 입장을 지시했는지에 대한 의문이 분명히 제기됩니다. 따라서 강대국과 강대국을 주도하는 사람들의 전반적인 책임 감소를 고려해야 합니다. 이것들은 다큐멘터리에서 제기 된 질문들입니다.

도널드 럼스펠드(Donald Rumsfeld)에 초점을 맞추면서 당시 미국의 정치 시나리오를 잊어서는 안 됩니다. 쌍둥이 빌딩의 붕괴는 언론과 그곳에 속한 사람들(럼스펠드)에 의해 세계에서 가장 위대한 나라로 여겨지는 미국의 자존심의 상징적인 몰락이었습니다. 미국에 상처를 입힌 종교적 독단주의를 손짓하는 외계인 세력은 분명히 그들의 가장 먼 비전에서 상상할 수 없는 정치적 시나리오를 만들었습니다. 첫 대통령 임기를 맡은 조지 부시 주니어에게 엄청난 압력이 가해졌고 미국 정치가 그 답을 주었다. 미국 의회 상원 홀에서 언론 토론에 이르기까지, 아랍 세계에 대한 전쟁에 대한 소란이 중요하다고 대통령 회의장을 생각할 수도 있습니다. 사담 후세인은 이전에 1990년대 걸프전의 표적이 되었고 쿠웨이트에 대한 부당한 공격에 대해 정당하고 적절하게 질책할 수 있을 정도로 충분히 약화되었습니다. 미국은 동맹국이 위협을 받으면 놓아주지 않을 것임을 상기시킬 기회를 놓치지 않았습니다. 접근 방식에는 균형이 있었고 세계화 시대의 실용주의를 유지하면서 윤리를 고려한 에세이의 주제를 따랐습니다 (Panagopoulos). 그러나 도널드 럼스펠드 치하에서는 다소 가혹하고 당시의 어조가 그럴 수 있지만 미국이 보유한 강대국에 대한 고려에 충분한 주의를 기울이지 않았습니다. 미국의 왕따 힘의 영향은 그것이 어떻게 불안정과 삶의 손실을 초래할 것인지를 고려하지 않았습니다. 가장 중요한 것은 미국이 사담 후세인을 제거하면 장기적으로 끔찍한 시나리오가 펼쳐질 것입니다. 국가적 자존심과 본국 국민의 안전으로 가장한 보수적이고 편협한 견해는 너무 많은 미국인의 목숨을 앗아갔습니다. 이러한 맥락에서 미국은 2003년 이라크 전쟁에 참전하기 전에도 베트남 전쟁과 지난 10년 초 리비아 위기에 대해서도 같은 일을 했습니다. 따라서 이라크 개입 문제와 상황이 어떻게 처리되었는지와 관련하여 부시 대통령과 그의 핵심 고문에게 가해지는 책임은 분명히 럼스펠드를 가리킬 수 있습니다. 그러나 그렇다고 해서 그와 같은 핵심 직책을 맡은 경험이 있는 사람이 훨씬 더 합리적이고 더 나은 방식으로 외교적이어야 한다는 사실은 변하지 않을 것입니다. 재치의 부족과 일을 처리하는 방식은 공개 포럼에서 나온 뻔뻔스러운 발언을 잊지 않고 그를 분열적인 인물로 만들었습니다. 앞으로 몇 년 동안 세계에 영향을 미칠 결정을 내리는 데 필요한 정책 결정과 수준 높은 접근 방식은 확실히 놓쳤습니다. 럼스펠드 치하에서 이런 종류의 오류로 인한 대가는 미국에도 많은 영향을 미쳤습니다.

다큐멘터리에서 초점은 도널드 럼스펠드를 캐릭터로 이해하고 그 사람이 어떻게 행동했는지에 있었습니다. 앞서 언급했듯이 도널드 럼스펠드의 성격에 대한 이해에 대한 질문이 제기될 때마다 그 시대의 정치 상황을 다시 생각해야 합니다. 그 남자의 아이디어와 그의 아이디어를 주도한 것은 물론 에세이를 위해 사고 과정을 이해해야 합니다. 그것은 그가 취한 정책을 더 쉽게 이해할 수 있게 해주는 것입니다. 따라서 2003년 이라크전쟁 전후의 정책 이해 과정은 서방이 이미지를 투사하느라 바빴던 시기였다. 괴물 정권의 정권에서 해방자의 이미지. 그것은 도널드 럼스펠드의 정책 결정의 원동력이자 그가 취한 모든 행동의 원동력이라고 할 수 있습니다. 따라서 도널드 럼스펠드 (Donald Rumsfeld)의 정책 지침과 윤리성 문제 만이 유일한 관심사는 아닙니다. 그 남자를 이해하기 위해, 윤리의 일부와 관련된 조사 과정과 그의 정책에 대한 질문은 무대 뒤에서 많이 진행되었습니다. 2003 시대의 미국은 테러와의 전쟁에서 2 년 이내에 잘 지났습니다. 그러나 그 전투가 얼마나 효과적인지에 대한 의문이 남아있었습니다 (Ryan). 납세자의 돈과 아프가니스탄에서의 전쟁 노력에 투입된 모든 자원은 그리 많은 결과를 보여주지 못했습니다. 미국 방위 메커니즘의 전략 계획은 특히 주요 목표가 오사마 빈 라덴이었기 때문에 잘 작동하지 않는 것 같았습니다. 이제 이 모든 와중에 미국은 탈레반과 아무 관련이 없고 실제로는 탈레반에 상당히 반대하는 사담 후세인이 완벽한 주의를 산만하게 할 수 있다는 것을 알고 있었습니다. 미국 정부가 여론을 재구상하고 형성할 수 있는 새로운 길을 찾는 데 방해가 됩니다. 이것이 윤리 문제에 대한 전체 아이디어가 처음부터 흔들린 방식입니다. 이라크에 들어가는 미군의 정책 개시는 아프가니스탄의 관점에서 고려해야 할 요소 중 하나이다. 오랜 시간 동안 진행되어 온 모든 과정이 축적되어 미국 행정부의 정책 서클이 탄생했습니다. 도널드 럼스펠드(Donald Rumsfeld)와 그의 정책 관련 인물을 살펴볼 수 있는 곳입니다. 당시 현직 미국 대통령이었던 조지 부시 주니어와 새로운 전쟁의 여파로 그가 어떤 마음가짐을 가지고 있었는지. 따라서 "알려진 알려지지 않은"이라는 악명 높은 사람을 해독하는 아이디어가 논의 될 필요가있었습니다. 그의 두 번째 임기 일정을 앞둔 시나리오와 그에게 쌓인 좌절과 불안은 그의 정책을 밝히는 데 도움이 됩니다.

다큐멘터리가 초점을 맞추는 것이지만 자세한 이해는 그가 출신 한 시간에서 나와야합니다. 그것은 끝났습니다. 이제 그가 대표하는 정권. 네, 보수적인 공화당원이었습니다. 그들이 미국의 힘을 대표하는 데 가지고 있는 자부심, 이 권력 방정식 자체가 국내와 해외에서 오랫동안 문제가 되었을 때 사고 과정과 자부심이 들어오는 곳입니다. 그의 역할, 지위 및 그가해야 할 책임에 대한 초점은 무시할 수 없습니다. 따라서 내 에세이의 이전 부분에서 제안한 것보다 더 유리한 위치에서 Rumsfeld를 바라볼 수 있는 것은 이러한 것들에 초점을 맞추는 것입니다. 그것은 남자에 대한 전체적인 이해에 관한 것입니다. 그는 개인적 차원과 정부 계층에서 어떤 과정에 관여 했습니까? 이 질문에 대한 답은 특히 에세이가 균형과 관련된 질문에 답하는 것이기 때문에 그를 더 나은 빛으로 비추게 할 것입니다. 미국을 권력 정체성 위기에서 벗어나게 하는 동시에 콘센트를 제공할 수 있는 지침 간의 균형을 유지하기 위한 접근 방식입니다. 이것은 에세이를 통해 반복되고 언급 된 것입니다. 에세이의 원동력이자 그 사람과 관련된 질문에 답하는 것입니다. 그 사람이 뻔뻔한 것으로 간주될 수 있는 정책에 대한 생각을 추진하게 된 이유는 무엇입니까? 또한 더 독단적이고 "다른 사람들"을 쓸어 버림으로써 권위를 각인시키고 싶었던 그가 가져온 성격은 확실히 윤리 문제를 제기합니다. 그러나 역설은 하나의 폭력 사건이 모든 폭력적인 정권에 대한 도미노 효과의 과정을 시작했다는 것을 이해하는 데 있습니다. 미군이 여전히 아프가니스탄과 이라크에 주둔하고 있는 10년이 지난 오늘날에도 그 남자가 무엇을 위해 서명했는지 알고 있었는지 여부. 미국과 북대서양 조약 기구가 이끄는 서방 열강은 당시 세계를 럼스펠드와 같은 사람들이 담당하는 방향으로 밀어붙였습니다. 앞서 언급했듯이 미국의 자존심에 균형을 회복하는 것이 아이디어였기 때문에 그 영향은 주요 관심사가 아니었습니다. 따라서 그가 한 진술이나 그가 그 일부였던 정책 결정은 그에게만 귀속될 수 없습니다. 출발점의 사건에 답이 있을 수 있는 객관적인 각도에서 바라보기만 하면 됩니다. 그것이 테러와의 전쟁이 미국이 싸워야 할 우산적인 해답이었던 지점입니다. 자존심과 명예를 위한 싸움은 그에 의해 벌어졌고 포퓰리즘적 정서에서 그가 필요한 재치와 외교를 놓친 것은 사실입니다. 그 아이디어는 과거의 헨리 키신저의 길에서 빌린 것일 수 있습니다.

결론적으로 다큐멘터리는 과장된 주장을 하지 않으며 나름의 선정주의적 견해를 제시하지도 않습니다. 다큐멘터리가 이해되는 대로 제작되어야 하는 방식을 고수합니다. 즉, 그것은 선형이며 움직이는 일련의 사건을 따라 계속됩니다. 이러한 정보는 이 에세이에서 중요한 연결 지점으로 간주될 수 있지만 놓쳤을 수 있는 지점에 도달하기 위해 사용 및 확장되었습니다. 그렇기 때문에 그의 움직임 이전의 요인과 시나리오로 이어진 상황 사이의 집단적 이해에 중점을 두었습니다. 에세이가 정책 결정, 시대의 요구 및 상황이 요구하는 것 사이의 격차를 해소하려고 시도하는 곳입니다. 특히 윤리와 도덕의 문제가 제기됨에 따라 이해되고, 맥락화되고, 해부되어야 할 요소들이 있습니다. 그것이 그 시대의 세계를 고려하는 방법입니다. 태도와 독단적 인 정책으로의 전환에 대한 고려가 에세이에 도입됩니다. 그것은 윤리와 시간의 필요성에 대한 토론에 정당성을 부여하고 의미를 제공하기 위해 수행됩니다.

대중들 사이에서 민족주의를 수용하기 위한 정치적 커뮤니케이션과 그 매체 분석

이 논문은 민족주의 사용의 진화와 그 개념이 일정 기간 동안 청중에게 어떻게 받아들여졌는지 이해하려는 시도입니다. 민주주의의 방식으로 민족주의의 사상을 전파하고 이에 대응하기 위한 소통 채널을 살펴보는 것이 논문의 초점을 구성합니다. 의사 소통 패턴과 그 사용법은 확실히 일정 기간 동안 민족주의의 중요한 구성 요소입니다. 여기에서 논문은 다양한 각도에서 정보를 수집하여 이 아이디어가 수용의 장벽 속에서 대량으로 뿌려지려고 시도하는 방법을 찾으려고 합니다. 민족주의는 이전부터 정치적 목적을 위한 매우 인기 있는 대화였습니다. 민족주의의 영향은 제 2 차 세계 대전과 같은 특정 기간 동안 증가했습니다. 정치적 민족주의의 수사학은 시간이 지남에 따라 변화해 왔습니다. 사실 현대와 미디어의 변화로 관객의 취향도 변하기 시작했다. 미디어와 그 사용에 대한 아이디어도 변화하여 오랜 기간 동안 청중이 받아들인 민족주의와 관련된 전통적인 형태의 의사 소통에 혼란을 야기했습니다. 따라서 이것이 논문이 여기서 분석하려는 것입니다

키워드: *민족주의, 정치 커뮤니케이션, 청중, 선전, 수사학, 미디어, 정부*

개념 소개: 민족주의와 관련된 정치적 커뮤니케이션은 오랫동안 고려해야 할 중요한 포인트였습니다. 정치 이데올로기에 대한 전체 아이디어와 민족주의 사상의 본질에 대한 청중의 수용은 오랫동안 존재 해왔다. 파시스트 국가의 출현 이후, 청중에 대한 아이디어의 수용은 측정하기가 어렵습니다. 아이디어는 선전의 기반으로 소수의 추종자와 함께 더 많은 청중에게 부과되었거나 겹쳐질 수 있습니다. 민족주의에 대한 전체 아이디어는 19세기 후반부터 유럽에서 받아들여져 사람들에게 영향을 미쳤습니다. 민족 국가 체제가 유행하던 시절부터 민족주의를 중심으로 한 정치적 의사 소통의 아이디어가

존재해 왔습니다. 국가에 대한 아이디어, 국가 정체성 및 청중에게 영향을 미치기 위한 수사학의 사용이 이 논문의 핵심 초점입니다. 나치 독일, 파시스트 이탈리아 정권 기간 동안 민족 국가에 대한 생각과 젊어지게 된 아이디어는 국가와 청중 사이의 관계에서 매우 중요한 구성 요소였습니다. 관객과 국가 사이의 연결에 대한 전체 아이디어는 정보의 흐름에 따라 더 일차원적이었습니다. **Aryeh L. Unger** 가 "나치 독일의 선전과 복지" *라는 책* 에서 쓴 것처럼 "Menschenfuehrung"(대중의 동원) 하에서 대중의 전체 동원**이 선전 모델의 핵심이었습니다.** 여기에서 대량으로 타겟팅되는 청중의 전체 아이디어가 강조되기 때문에 논문에서 매우 중요한 구성 요소입니다. 마찬가지로, 동시에 파시스트 국가에 대한 반대 선전의 아이디어도 발견 될 수 있습니다. 특히 Clayton D. Laurie *의 The* Propaganda Warriors: America's Crusade against Nazi Germany **라는 책에 언급된 것과 같은 것에 반대하는 미국 및 기타 동맹국**. 제 2 차 세계 대전 이후 시간이 지남에 따라 정치적 의사 소통의 진화가 일어났습니다. 인터넷, 기술 및 기타 형태의 미디어 공간의 출현은 새로운 가치로 정치적 커뮤니케이션을 이해한다는 개념으로 청중을 끌어들이는 새로운 차원을 창출했습니다. 이제 명백한 이유 때문에 논문이 개념적 기반에 더 가깝기 때문에 청중 사실 발견에 대한 주요 연구 증거를 제공하기가 어렵습니다. 많은 사람들이 보다 정치적으로 올바른 방식으로 민족주의의 진화로 간주하는 현대적 맥락에서 소프트 파워의 아이디어는 진화하는 미디어 시대에 정치적으로 제안되었습니다. 파시스트 정권 시절의 선전 아이디어를 제안하는 논문의 시작은 공공 외교로 바뀌었다. 정치적 커뮤니케이션의 광범위한 효과는 국내 또는 전 세계 청중의 형태로 느낄 수 있습니다. 그러나 정치적 선전을 통해 민족주의의 사상을 전파한다는 생각은 살펴볼 여지가 많다. 우리가 보고 싶은 언어가 있는 국가에 브랜드나 정체성을 부여한다는 전체 아이디어는 정치적 의사 소통 및 의도된 효과와 진지한 관계가 있습니다. 그러나 그것은 또한 청중의 반응에 달려 있습니다.

민족주의에 대한 생각과 그것이 지도자들에 의해 어떻게 투영되는지로 이동하면 남아시아 지역을 볼 수 있습니다. 민족 국가의 건설과 정치적인 의사 소통에 대한 아이디어는이 논문에서 논의해야 할 중요한 차원이다. 파키스탄과 방글라데시, 당시 동파키스탄에 대한 전체 아이디어는 분할 전 시대의 정치적 의사 소통을 통해 들어오고 대상 청중이 그 정체성을 이해합니다. 인도 정치학 저널(Indian Journal of Political Science)에 실린 **BC Upreti** 의 기사는 민족주의가 사람들 사이의 아이디어의 표현이며 기대와 이해의 변화라고 분명히 말합니다.

개념 자체의 개념적 주제 : 그러므로 표현에 대한 전체 아이디어와 민족주의 아이디어의 수용은 정치 지도자들에 의해 해석되었다는 점에 유의하는 것이 중요합니다. 인도가 800 년 동안 지녔던 사회적 섬유의 분리를 초래한 무슬림 민족주의의 사상은 파키스탄과 방글라데시의 결과다. 남아시아의 민족주의에 대한 전체 아이디어는 언어, 문화 및 민족에 대한 아이디어에 기반합니다. 이것은 두 국가 이론에 대한 아이디어가 등장한 이후 정치 지도자들이 연설에서 사용했습니다. M.A. Jinnah 가 주도하는 무슬림 연맹의 정치적 의사 소통은 잘 문서화되어 있습니다. 그러나 논문의 핵심으로 돌아가서, 새로운 민족 국가를 통해 남아시아의 무슬림 공동체를 위한 별도의 토지에 대한 요구의 반복적인 수사나 의사 소통에 의해 사람들이 어떻게 영향을 받았는지 이해하는 것이 중요합니다. 아이러니하게도 이것은 나중에 역효과를 냈습니다. 언어 라인에서 방글라데시의 형성을 만든 동일한 아이디어가 인도의 양쪽에 있는 파키스탄 연합과 분리되었습니다. 수사학과 민족주의에 대한 생각, 특히 남아시아와 같은 지역에서는 다양한 각도에서 찾을 수 있습니다. 다양한 각도는 민족적, 문화적, 언어적 정체성의 형태로 정치 지도자들에 의해 사용되었습니다. 방글라데시의 투쟁으로 돌아가 보면, 당시 동파키스탄은 독립적인 정체성을 위해 청중에게 심어주기 위한 수사학은 벵골어의 가치에 기반을 두고 있었습니다. **이것이 Julia Major 의 논문 "언어의 건설: 남아시아의 언어, 민족주의 및**

정체성"에서 언급된 것입니다. 앞서 언급했듯이 민족주의를 발명하는 전체 표현은 의도 된 청중의 마음 속으로 전달됩니다. 정치적 커뮤니케이션은 청중에게 메시지를 전달하는 데 중요한 역할을 합니다. 요점을 파악하고, 언어의 개념과 그것을 사용하는 것은 '민족 정서를 위해'매우 중요합니다. 그러나 정치적 의사 소통은 국내 공간에도 존재하는 더 넓은 의미를 가지고 있습니다. 그것은 나중에 다루게 될 부분입니다. 그러나 민족주의와 정치의 개념과 의사 소통 측면과 함께 항상 더 큰 대중의 상상력을 유지해 왔습니다. 대중의 정서를 표현하고 청중과 소통하기 위해 올바른 맥락에 두는 것은 포퓰리즘 또는 선전으로 불리며 강력한 담론입니다. Subrata K. Mitra 는 그의 글에서 남아시아의 하위 민족 운동의 정치 관점을 제시합니다. "문화 민족주의의 **합리적 정치**" 에 관한 그의 기사는 하위 민족주의를 포함한 민족주의 경향의 개념에서 감정이 어떻게 구성 될 수 있는지에 대한 아이디어를 제시합니다. 그것은 지도자들이 청중에게 결과물을 구성하기 위해 아이디어,

감정을 사용하는 정치 영역에서 매우 중요한 맥락을 가지고 있습니다. 예를 들어, 스릴랑카에서 타밀타이거(LTTE)의 투쟁에 대한 아이디어가 언급되었습니다. 전체 아이디어는 강력한 정치적 요소를 가진 민간인 권리의 개념으로 시작되었습니다. 그 후 그것은 폭력적인 투쟁으로 바뀌었지만 여전히 정치적 의사 소통의 강력한 구성 요소를 계속 유지했습니다. 그것은 스릴랑카 내의 평화 과정과 인도, 심지어 노르웨이의 개입에서도 분명해졌습니다. 유사한 사건에서 힌트를 얻어 팔레스타인, 카탈로니아 및 기타 하위 국가 또는 인식되지 않은 국가 운동의 문제에는 항상 강력한 정치적 의사 소통이 첨부되어 있습니다. 언론의 자유와 국민, 민족 및 국가의 정체성과 관련된 사상은 항상 강력한 정치적 영향력을 행사합니다. 이러한 종류의 영향에 대한 접촉은 국가 또는 방향 감각을 잃은 부분에 의해 수사학에서 조작되고 사용될 수 있습니다. 정치적 커뮤니케이션은 미디어 영역 전반에 퍼져있는 강력한 아이디어와 사람들이 어떻게 받아들이는지에 관한 것입니다. 의사 소통의 의제와 전달은 접근 방식의 차이를 만듭니다. 중국은 정치적 의사 소통의 개념이 국가에서 청중에게 기반을두고있는 권위주의 정권의 한 예입니다. *Xing Lu* 가 그의 저서 "**중국에 대한 Burkean 분석은 행복하지 않다: 민족주의의 수사학**"에서 언어가 의사 소통의 핵심 구성 역할을 한다고 말했습니다. 이 아이디어는 정치적 의사 소통의 힘과 국가의 부과에 기반을두고 있기 때문에이 신문은 중국 인민의 좌절에 대한 아이디어를 매우 광범위하게 다루고 있습니다. 통제되지 않은 방식으로 서구화에 대한 생각과 원주민 착취는 국가 내에서 통제되지 않은 분노를 불러 일으켰습니다. 이제 여기서 주제로 돌아가서, 민족주의적 경향과 국가를 위한 희생에 대한 전체 아이디어는 저자에 따르면 얇아지고 있는 것 같습니다. 저자는 서구에 대한 자신의 비통함에 대한 자신의 관점을 가져오려고 합니다. 주요 목적은 독서에서 민족 국가의 아이디어가 세계에 묘사되는 것으로 추론하는 것입니다. 강력한 민족 국가에 대한 아이디어를 제공하기 위해 조화를 이루는 정치 기계와 그 기능은 이 기사에서 격퇴되고 있습니다. 따라서이 기사는 민족주의의 아이디어와 그 기능적 표현이 청중, 지식인에게 어떻게 영향을 미치는지, 그리고 그것이 어떻게 받아 들여지거나 보답되는지를 보여주기 위해 제시되었습니다. 이 논문은 진화한 수사학에 대한 개요를 제공하기 위해 제시됩니다. 현 시대는 국가가 제조한 민족주의와 특히 새로운 미디어의 출현과 함께 사상으로 부과되는 대중의 과정에 대한 저항으로부터 사람들을 설득합니다

주제 분석 : 민족주의의 사상은 위에서 언급했듯이 국가가 내부적으로나 외부적으로 묘사되는 데 매우 중요한 방식으로 나타났습니다. 국제관계에서 소프트 파워라고도하는 공공 외교 형태의 국가 이데올로기의 정치적 의사 소통은 다른 대상 고객을 가지고 있습니다. 현대의 인물 형태의 정치 기관의 정치적 의사 소통이나 수사학의 예 중 하나는이란에서 얻을 수 있습니다. 이란에 대한 마흐무드 아마디네자드 정권과 그의 이데올로기 적 묘사는 이상한 이해를 가지고있다. 이란의 사회적, 정치적 틀이 총리와 별개로 종교

최고 지도자의 형태로 매우 중요한 구성 요소를 가지고 있기 때문에 독특한 예입니다. 아흐마디네자드의 수사학의 지배와 신이란 민족주의의 새로운 형태를 제시하는 것은 국가 역사의 연대기에서 새로운 것이었다. Navid Fozi 가 쓴 논문에서 인격 숭배는 정치적 의사 소통에 대한 개인화 된 접근 방식이라는 사실을 강조합니다. 이 주장은 앞으로 나아갈 경우 한 사람이 국가 정체성을 어떻게 형성했는지에 대한 요점을 제시하는 데 활용될 수 있습니다. 파시스트 국가의 개념과 정치적 의사 소통이 청중을 조작하는 강력한 도구라는 것에 대해 이야기하는 논문의 소개 시점부터 시작합니다. 이 백서에서는 앞서 언급했듯이 기술적 인 이유로 청중 참여에 대한 통계적 또는 일차적 증거를 제공 할 수 없습니다. 이 논문의 주요 책임은 정치적 의사 소통의 도구가 민족주의에 대한 감정을 어떻게 형성했는지에 대한 개념적 틀을 제시하는 것입니다. 국가 정체성과 다양한 감정이 붙어있는 민족주의의 개념은 관객이 연결될 수있을 때 효과가 있습니다. 해석되는 아이디어와 의사 소통을 기반으로 사람들이 어떻게 모이는지입니다. 그 의사 소통의 정치적 측면은 사회 경제적, 문화적, 민족적 및 기타 요인과 같은 요인에 달려 있습니다. 대중과 연결되고 대중이 연결될 수 있다는 생각을 전파하는 것이 민족주의의 맥락에서 정치적 커뮤니케이션이 의미하는 것입니다. **베네딕트 앤더슨(Benedict Anderson)**에 따르면 민족, 민족 국가의 아이디어는 **"상상의 공동체"**로 알려져 있습니다. 이제이 논문은 정치적 의사 소통이 민족주의 사상의 건설에 어떻게 사용되는지에 대한 예를 이해하고 제시하려고합니다. 급진적 민족주의는 정치적 분위기, 국가에 대한 기대, 그리고 물론 정치적 의사 소통이 청중의 수용을 설득하는 핵심 요소라는 개요를 제공하기 위해 언급 된 다른 요인을 포함하는 요인의 조합에 달려 있습니다. 민족주의적 투쟁의 개념이 인종/피부색/민족의 더 작은 조각으로 분해되더라도 정체성을 위한 투쟁으로 이어질 수 있습니다. 정치적 의사 소통은 상황에 따라 전체 아이디어가 기반이되는 질문에 따라 급진적이거나 온건한 형태를 취합니다.

민족주의의 개념은 시간이 지남에 따라 변했습니다. 민족주의의 진화와 정치적 의사 소통 과정에 의해 제안되는 사상에 관한 논문에서 예를 제시하려고 시도되었습니다. 아이디어는 시대와 다양한 사회적 맥락에서 달랐습니다. 인도의 민족주의 사상에 대해서도, 특히 파키스탄에 대해 일관되게 유지되어 온 특정 사상을 제외하고는, 서구 세계와의 부자연스러운 동경-증오 관계, 인도 민족주의의 사상은 항상 변해 왔습니다. 그것은 국내 및 국제 수준의 정치적 의사 소통과 이상한 의미를 가지고 있습니다. 아이디어는 민족주의의 개념에 대한 정치적 의사 소통이 얼마나 강력한지를 이해하는 것입니다. **Karl Deutsch** 는 사회적 의사 소통의 아이디어와 문화적 축적이 전체 과정에서 어떻게 매우 중요한 역할을하는지에 중점을 둡니다. 마찬가지로, 거대한 규모의 문화적 동질성에 기반을 둔 일본 민족주의의 개념은 정치와 사회적 의사 소통의 본질이었습니다.

그러나 **카와이 유코 (Yuko Kawai)**가 신자유주의, 민족주의 및 문화 간 커뮤니케이션

(Neoliberalism, Nationalism and Intercultural Communication)이라는 논문에서 제시 한 아이디어는 세계화 시대에 일본 문화 민족주의의 아이디어가 어떻게 변화하고 있는지에 대한 것입니다. 이 논문은 세계화의 영향으로부터 정치적 관점의 개념을 재정의하려고 시도하고 그것이 일본의 완전히 새로운 아이디어에 어떤 영향을 미치고 있으며 민족주의적 아이디어가 진화하고 있습니다. 신자유주의 이데올로기로 전환하려는 전체 아이디어는 민족주의적 정체성을 구축하는 방식을 바꾸고 있습니다. 여기서 정치적 의사 소통은 가장 엄격한 의미에서 언급되지 않지만 일어나고있는 이데올로기 적 변화는 정치적 의사 소통의 초점입니다. 정치적 영향력과 그 가치에 대한 아이디어는 위에 제공된 예의 관계를 가장 잘 설명하는 것입니다. 사실 이 논문의 전체 취지는 민족주의 사상이 정치적 의사소통 측면을 통해 생겨난다는 관계를 이해하는 것이었다. 역사적으로 과거부터 최근까지 아시아의 다양한 타임라인을 통해 항상 문화적으로 자랑스럽고 지배적인 국가로 여겨져

온 일본은 현대에 변화를 겪었습니다. 앞서 언급했듯이 이 논문의 취지는 사회적, 문화적, 경제적 요인의 부수적인 요소가 많은 정치적 의사소통이 민족주의의 사상을 어떻게 결정하는지에 대한 생각을 끊임없이 확립하는 것이었다. 일본의 사례는 제국의 역사와 경제적 민족주의의 분위기가 시간이 지남에 따라 어떻게 변했는지를 보여줍니다. 일본에서 그들 자신의 소프트 파워의 형태로 의사 소통의 정치적 변화는 그 사실을 강조합니다. 여기에는 재정 지원, 기술 혁신 및 글로벌 문화 수용으로의 전환이 포함됩니다. 전체 혼합은 의사 소통과 그 입장이 국가와 국가 정체성에 대한 아이디어를 얼마나 결정적으로 형성하는지에 대한 아이디어를 제시하는 정치적 의사 소통의 변화에 의해 제안되었습니다. 이 논문의 결론 부분은 미래가 어떻게 이 관계를 형성할 수 있는지에 초점을 맞출 것입니다. 정치적 커뮤니케이션의 미래와 민족주의의 개념은 경제의 맥락에서 진화 할 뿐만 아니라 메시지를 전달하는 미디어의 진화 속에서 진화 할 것입니다.

민족주의와 정치적 의사 소통의 진화하는 관점 : 중국은 정치적 의사 소통의 전체 아이디어가 새로운 민족주의 사상에 따라 기업 이데올로기를 중심으로 어떻게 구성될 수 있는지를 보여주는 훌륭한 예입니다. 이것은 **Jian Wang** 이 "*비즈니스의 정치적 상징주의 : 소비자 민족주의와 기업 평판 관리에 대한 함의를 탐구*"라는 *논문에서 언급되었습니다.* 이 논문은 중국의 정치 체제가 마오쩌둥 시대 이후 공산주의 경제에서 80 년대 후반 이후 덩샤오핑 치하의 느리지만 꾸준한 산업적 기울기로 입장을 어떻게 전환했는지를 강조합니다. 앞서 언급했듯이 일본의 사례와 마찬가지로 중국의 사례는 변화하는 시대에 따른 정치적 커뮤니케이션의 진화와 관련된 또 다른 사건입니다. 정치적 의사 소통이 항상 청중에 의존하는 것은 아니라는 것이 예에서 분명합니다. 대부분의 경우 아이디어는 위에서부터 시작되어 대중에게 밀려납니다. 그러나 미디어의 진화는 최근에 관행을 혼란에 빠뜨렸습니다. 뉴미디어 혁명의 사례는 정치적 커뮤니케이션의 흐름과 청중 수용 모델을 혼란에 빠뜨렸다. 인터랙티브 미디어의 형태를 띤 완전히 새로운 정치적 커뮤니케이션 공간은 정부나 민간 미디어 하우스의 자본주의적 힘에 도전하는 새로운 통로를 만들어냈다. 틀에 얽매이지 않는 형태의 미디어 감시는 완전히 새로운 길을 열었습니다. 이것은 주제가 정치적 의사 소통과 민족주의에 기반을 두고 있기 때문에 논문의 마지막 부분에서 논의되고 있습니다. 그래서 새로운 형태의 미디어는 자유주의, 신자유주의자들이 그들의 생각을 조직하고 그것을 전달할 수 있는 새로운 공간이다. 따라서 새로운 미디어와 정치적 커뮤니케이션의 아이디어는 논문을 마무리하면서 무시할 수 없습니다. 마찬가지로, 스포츠뿐만 아니라 영화를 사용하는 다른 잡다한 요소들도 민족주의적 목적을 위해 정치적으로 동기가 부여된 방식으로 사용되어 왔다. 1896년 이후 현대 올림픽 또는 FIFA 월드컵의 전체 아이디어는 권위 의식, 국가의 브랜드 이미지를 묘사하고 개최국에 대한 자부심을 심어줍니다. 그러나 세계적인 스포츠인 축구는 민족주의적 경향의 발판으로서의 빛을

잃어가고 있다. 이 아이디어는 이스라엘 대학의 **일란 타미르 (Ilan Tamir)**가 쓴 "*축구 팬들 사이의 민족주의의 쇠퇴*"라는 *제목의 논문에서 나온 것입니다.* 이 아이디어는 이전 단락에서 새로운 미디어 플랫폼의 출현으로 인해 정치적 의사소통과 청중에 대한 접근 방식의 혼란이 일어나고 있다는 것입니다. 이것은 또한 세계화가 새로운 하이브리드 정체성을 가져 왔고 정치적 의사소통에 사용할 아이디어가 사라지고있는 영화 및 미디어와 관련된 논문에서도 잘 드러날 수 있습니다. 스포츠뿐만 아니라 경제, 미디어의 형태로 세계화는 정치적 커뮤니케이션의 징고주의적 선을 가로지르고 있습니다. Eurovision, You can dance Canada 와 같은 춤, 노래와 관련된 인기있는 TV 프로그램조차도 새로운 종류의 상업적 민족주의를 장려하고 있습니다. 이런 종류의 민족주의에 대한 생각은 더 부드러운 요소와 더 관련이 있습니다. 이런 종류의 민족주의에는 유동성이 있습니다. **크리스틴 퀘일(Christine Quail)**이 쓴 논문이 이것을 멋지게 표현했듯이, 이런 종류의 상업적 민족주의는 민족주의의 전체 개념을 재구성하고 있습니다. 변화하는 문화적, 경제적 가치와 관련된 민족주의 가치의 호소력에 변화가 있습니다. 그러나 온라인 미디어 시대의 민족주의와 청중을위한 활용의 또 다른 측면도 있습니다. 온라인 공간은 정체성에 대한 아이디어와 민족주의와의 연관성이 항상 도전받는 민족주의에 대한 매우 새로운 관점을 제공합니다. **루카스 줄크(Lukasz Szulc)**가 내셔널리즘의 온라인 정체성과 성적 정체성과 관련된 개인 정체성에 대해 이야기하는 논문에서 가져온 아이디어로, 온라인 공간이 어떻게 다른 정체성을 초월하고 있는지에 대한 매우 중요한 관점을 제시합니다.

결론: 온라인에서 민족주의를 탐구한다는 아이디어는 논문을 더 자세히 살펴볼 수 있는 영역 중 하나입니다. 개요에 제시된 민족주의의 아이디어는 뉴미디어가 국경의 개념과 그와 관련된 감정을 어떻게 변화시키고 있는지에 대한 서곡을 제공하는 것이었습니다. 디아스포라 민족주의의 사상은 국가를 가로지르는 뉴미디어의 개념에서 떠오르고 있는 개념이다.

김유나가 쓴 논문에서 말하듯이 새로운 형태의 민족주의가 전면에 등장하고 있다. 여성들은 특히 동아시아 국가에서 집에서 인터넷에 접속하여 민족주의에 대한 생각을 전파하고 개혁하는 데 앞장서고 있습니다. 이것은 새로운 미디어를 통해 민족주의의 새로운 구성을 형성하기 위해 새로운 요소가 들어오는 종류의 혼란입니다. 여기서 비주류 요소가 아랍의 봄을 위해 만들어진 방식으로 배치될 수 있다는 점을 지적하는 것은 매우 흥미롭습니다. 엄밀한 의미에서 아랍의 봄은 민족주의를 다루지는 않을지 모르지만 민주주의와 그 메시지의 관점을 가져온다. 정치적 의사 소통의 이러한 측면은 또한 민주적 권리에 대한 일종의 선전이며, 소셜 미디어의 전파로 인해 정치적으로 활동적이지 않은 세력에 의해 영향을받을 수 있습니다. 정치적 전망, 캠페인 및 정치적 정체성과 민족주의를 구성하는 모든 과다한 변화에 영향을 미치는 정치적 목소리의 이러한 차원. 그것은 오늘날의 소셜 미디어 시대에 나타나는 아이디어의 핵심 구성 요소입니다. 정보의 자유로운 흐름은 독립적인 목소리가 나타나 민족주의를 중심으로 구축된 정체성에 대한 아이디어를 위해 싸울 수 있게 해주었습니다. 이것은 또한 하위 국가 정체성의 관점에서 볼 수 있습니다. 여기서 유일한 주요 요인은 진화하는 미디어의 새로운 맥락에서 민족주의의 기원을 현시대에 흥미로운 요소로 만드는 것입니다. **Zhongshi Guo** 등의 논문에서 말했듯이 "**대중의 상상력으로서**의 민족주의"라는 제목의 논문은 미디어가 민족주의 담론의 아이디어를 어떻게 만들어 냈는지에 초점을 맞춥니다. 미디어는 중국에 관한 논문에서 언급했듯이 민족주의적 경향에 대한 평행한 아이디어를 만드는 데 도움이 될 수 있는 적극적인 힘입니다. 이것은 정보의 흐름이 제한된 중국과 같은 나라에서 미디어가 어떻게 새로운 형태의 민족주의를 창출하는지에 대한 아이디어입니다. 논문 제목에서 알 수 있듯이 민족주의의 형태로 대중의 상상력에 대한 아이디어가 소셜 미디어 또는 새롭게 진화하는 미디어를 통해 유입 될 수 있습니다. 왜? 그 이유는 기존 미디어와 같은 정보 봉쇄로 고통받지 않기 때문입니다. 그것은 자본의 흐름이나 재래식 권력을 통해서는 통제될 수 없다. 메시지의 방향과 정보의 흐름은 민족주의 사상도 관련된 현대에 중요한 고려 사항입니다. *Karl Deutsch* 는 민족주의와 국가 사상에 대해 글을 쓴 작가 중 한 명입니다. 그녀의 글은 국가의 사회적 측면과 정치적 측면의 정점을 통해 민족주의의 개념에 초점을 맞추려고 노력했습니다. 그녀의 작품에 쓰여진 의사 소통은 국가 정서의 개념을 구성합니다. 그 자체가 민족주의의 정서를 구성하고 정치적 의사 소통에 사용하는 데 핵심적인 중요한 부분입니다. 이 시점에서 인터넷인 새로운 미디어의 사용은 이미 논의되었습니다. 그러나 인터넷은 현대에서 가장 역동적인 플랫폼 중 하나이기 때문에 다시 논의되고 있습니다. 새로운 형태의 민족주의적 의사소통이 새로운 의사소통 매체에서 나타나는 방식. **Hyun Ki Deuk** 등이 저술 한 논문에서 인터넷은 민족주의를 확산시킬뿐만 아니라 정치적 의사 소통을 위해 민족주의를 사용하는 데에도 사용될 수 있다고 말합니다. 논문에서 알 수 있듯이 플랫폼으로 사용되는 인터넷의 아이디어는 정치적 커뮤니케이션과 민족주의를 새로운 방식으로 바라보는 그의 논문 제목에서 제안하는 커뮤니케이션이 이루어지는 방식을 변화시켰습니다. 신문에서 제안한 바와 같이 인터넷은 중국이 자국의 반일 민족주의자들을 동원하기 위해 사용하고 있습니다. 이것은 의사 소통의 진화에서 매우 중요한 측면입니다. 인터넷은 사람들이 이제 전체 커뮤니케이션 프로세스의 일부가되는 맥락을 발전시킨 포럼입니다. 커뮤니케이션은 항상 변화하는 시대와 함께 진화해 왔지만 인터넷은 아마도 인류 문명이 받은 가장 중요한 형태의 플랫폼을 제공했을 것입니다. 인터넷의 아이디어는 정치적 의사 소통에 대한 엘리트 주의적 장벽을 제거했습니다. 이것은 차례로 통신의 힘이 기존의 수단을 통해 질식되었을 때 일반적으로 들리지 않았던 측면 목소리를 위한 공간을 만들었습니다. **"인터넷 힌두교 찾기"**에 대해 이야기하는 *Sriram Mohan* 의 논문은 이러한 관점을 제시합니다. 논문이 결론 부분에 이르기 때문에 이것을 반영하는 것이 매우 중요합니다. 사람들이 자신의 관점을 제시할 수 있는 독립적인 공간은 더 넓은 수준에서 일어나는 민족운동뿐만 아니라 매우 중요한 맥락입니다. 목소리를 소외시킨 사람들의 정체성은 디지털 공간의 분열에서 강한 의견을 발견했습니다. 위에서 언급 한 논문의 예로서 급진적 인 힌두교도들이 그들의 이데올로기를 전파하거나 적어도 주요 사회에서 소외된 사상에 대한 표현을 할 수 있습니다. 인터넷은 새로운 종류의 민족주의를 위한 공간을 만들 뿐만 아니라 민족주의 개념의 정체성 내에서 파벌이 등장하는 방식을 방해하고 있습니다. 세계 세계에서 의사 소통과 민족주의의 포용에 대한 아이디어를 개발하는 다양한 디아스포라가 있습니다. **브렌다 챈(Brenda Chan)**이 쓴 논문 "*조국의 상상: 민족주의의 인터넷과 디아스포라 담론*"은 *인터넷의* 세계에서 당신이 당신의 핵심 민족주의적 중심에서 멀리 떨어져 있음에도 불구하고 당신의 의견과 뿌리와 단절되어 있음에도 불구하고 나올 수 있는 의견을 말할 수 있다는 것입니다. 따라서 민족주의와 의사 소통에 대한 아이디어는 의견의 정체성과 중요한 목소리에 대한 아이디어에서 진화하고 있습니다. 민족주의가 앞으로 나아가고 있는 전체 아이디어를 결정하는 것들을 기대하는 방식입니다. 민족주의의 전체 개념과 관련된 논쟁은 모두 매우 다른 구성일 수 있지만, 여기서 논의의 요점은 진화하는 민족주의 형식과 인터넷의 새로운 플랫폼과의 커뮤니케이션 측면으로 제한되고 있습니다. 다른 형태들이 심의의 전체 논쟁을 어떻게 제기하고 있는지는 커뮤니케이션 플랫폼으로서의 인터넷 공간에 대한 최종 논쟁을 불러일으킨다. **피터 달그렌(Peter Dahlgren)**의 논문은 매우 새로운 현상으로서 공공 장소로의 진입자로서 인터넷이라는 주제를 제시합니다. 이 논문의 아이디어는 인터넷을 새로운 플랫폼으로 인정하는 것이 논문의 핵심 초점이기 때문에 이러한 측면에서 매우 흥미롭습니다. 그러나 가장 흥미로운 측면은 이 문서의 전체 아이디어를 요약한 것입니다. 그것은 민족주의를 포함한 정치적 의사 소통이 한계 주의적 관점에서 어떻게 맥락에 들어오고 있는지에 대한 정확한 이해를 가져옵니다. 진화된 커뮤니케이션 관점을 위한 논문의 중심 초점입니다.

려진 미지의 세계: 21 세기 지정학에서 아시아가 없는 세계

제 2 차 세계 대전 이후 미국 행정부는 정책에 의해 지배되는 세계 질서의 지배를 받았다. 일정 기간 동안 미국과 소련 사이에 치열한 경쟁이있었습니다. 이 두 세력이 지배하는 세계와 전 세계에 대한 끊임없는 개입은 소련이 붕괴되기 전인 1990 년대까지 세계를 형성했습니다. 그 후 세계 정치와 정책 형성의 또 다른 단계가 왔지만 대부분의 경우 미국에 의해서만 이루어졌습니다.

현실주의, 신 현실주의 또는 자유주의 사상 학파에 의해 주도되는 세계 정치에 대한 생각은 궁극적으로 정책을 추진하는 실용주의를 가지고있다. 지정학은 행정 단위에 반영 될 수있는 사회 및 요구와 강한 관계를 가지고 있습니다. 냉전 종식 이후 미국은 전 세계에서 하나 이상의 분쟁에 개입했습니다. 미국이 전후 단계에서 독단적이었다면 미국의 개입은 탈냉전 단계에서도 증가했다. 현재 변덕스럽고,

불확실하고, 복잡하고, 모호한 세계로 알려진 재래식 시대의 불확실한 시대에 미국의 정책 결정 역학은 적응이 느렸을 수 있습니다. 세계화는 세계화가 시작된 것과 똑같은 방식으로 세계 정치에 영향을 미치기 위해 왔습니다.

이것이 서구 세계 중상주의자들이 세계의 다른 지역으로 항해를 시작한 방법입니다. 그런데 냉전 종식 이후 서구 세계에서 권력과 돈이 빠져나가면서 추세가 역전되고 있습니다. 이것은 민간인, 외교 정책 개입 정책뿐만 아니라 서구 열강의 헤게모니 경향으로 고려하는 것이 중요합니다. 미국 지배의 길은 세계의 해석에 기반을두고 있음을 기억해야합니다. 이것은 우리를 윤리 문제로 이끌 것입니다. 문화와 지리적 근접성 측면에서 어떤 식으로든 미국과 관련이 없을 수 있는 세계를 이해하는 것에 대한 질문입니다. 그럼에도 불구하고 미국 외교 정책의 영향은 간과 할 수 없다. 그것은 지난 세기부터 존재해 왔으며 전 세계가 이미 세계화의 물결을 탔기 때문에 균형을 이룰 수 있는 문제가 남아 있습니다. 권력자가 여전히 세계 정치의 영역에서 힘없는 사람들을 먹이로 삼는 윤리 문제. 또한 지난 20년 동안 세계화가 구체화됨에 따라 큰 문제가 남아 있습니다. 따라서 행동이 어떤 종류의 영향을 미칠 수 있는지에 대한 윤리적 문제가 어떻게 종종 지나치거나 의도적으로 잊혀지는지. 2003년 이라크 전쟁을 계기로 시작된 재앙은 그러한 결정 중 하나로 간과할 수 없는 역사의 시기 중 하나입니다. 오늘날에도 현대의 지정학에 영향을 미치고 있는 결정입니다. 그러나 관련된 사람들을 살펴보면 질문이 있을 것입니다.

권력을 가진 사람들이 자신의 행동에 대해 대답 할 수 있는지 여부를 결정하는 질문. 책임의 관점에서, 아이디어는 두 명의 다른 미국 대통령 아래에서 가장 젊고 가장 나이 많은 사람 중 한 명인 Défense 장관을 맡은 Donald Rumsfeld와 같은 사람이 그의 두 재임 기간 동안 많은 변화를 보았다는 것을 이해하는 것입니다. 스캐너 아래에 있는 것은 조지 W. 부시 주니어(George W. Bush Jr.) 휘하의 데팡스 장관으로서의 역할을 기반으로 하며 논쟁의 대상이었으며 이라크 전쟁에 대한 반응에 대한 그의 악명 높은 진술 중 하나를 기반으로 한 다큐멘터리 The Unknown Known 에서도 다루었습니다. 미국의 이라크 개입에 대한 아이디어는 당시 미국이 아프가니스탄에 개입했기 때문에 이미 논의되고 있었습니다. 그 이면에는 미국이 다른 나라와 전쟁을 벌이고 있다는 문제가 제기되었습니다. 병사들은 명확하게 정의되거나 이해되지 않은 목적으로 적극적인 전투에 파견되었습니다. 여기서 에세이는 부시 대통령 (럼스펠드)의 핵심 고문 중 한 명으로서 그의 의사 결정에 대한 질문을 이해하고자합니다. 그의 견해에 근거한 조언은 상상의 적이 이라크 정권과 현직 독재 대통령인 사담 후세인에게 다가가기 위해 만들어낸 것이라고 할 수 있습니다. 그러나 개입 문제에 근거한 신중함과 윤리 문제는 결코 지켜지지 않았습니다. 사담 후세인도 비난을 받았다. 그는 미군의 개입을 정당화하기 위해 그의 비협조적인 태도에 근거한 서방의 의사 소통을 만들었을 협력하지 않았다. 훨씬 후에 찾아온 이라크 정권의 몰락은 미군이 이라크를 점령하는 동안 촉발된 수많은 공포로 치부할 수 없습니다. 또한 관타나모 만에서 포로들이 자행된 고문은 세계를 충격에 빠뜨렸습니다. 이제 이 모든 점들에 관해서는, 윤리의 문제는 잠시 제쳐두더라도, 적어도 합리성을 요구할 필요가 있다. 이라크 개입에 따른 반향과 의심할 여지 없이 독재적이지만 어떻게든 취약한 민족 국가를 유지하고 있는 정권을 전복시키기 위해 생각하지 않은 국방장관. 사담 후세인 정권이 대량살상무기를 제조했다는 결정적이지 않은 증거에 근거한 사담 정권의 전복은 국가, 지역 및 세계를 위험에 빠뜨렸습니다. 사담 정권 붕괴 이후 위협의 증가는 오늘날 전 세계가 볼 수 있는 것입니다. ISIS의 형태로 알 카에다보다 위험하고 극단적인 테러 단체가 등장했습니다. 도널드 럼스펠드(Donald Rumsfeld)와 같은 사람이 어떤 종류의 윤리적 입장을 지시했는지에 대한 의문이 분명히 제기됩니다. 따라서 강대국과 강대국을 주도하는 사람들의 전반적인 책임 감소를 고려해야 합니다. 이것들은 다큐멘터리에서 제기된 질문들입니다.

도널드 럼스펠드(Donald Rumsfeld)에 초점을 맞추면서 당시 미국의 정치 시나리오를 잊어서는 안 됩니다. 쌍둥이 빌딩의 붕괴는 언론과 그곳에 속한 사람들에 의해 세계에서 가장 위대한 나라로 여겨지는 미국의 자존심의 상징적 인 몰락이었습니다. 미국에 상처를 입힌 종교적 독단주의를 손짓하는 외계인 세력은 분명히 그들의 가장 먼 비전에서 상상할 수 없는 정치적 시나리오를 만들었습니다. 첫 대통령 임기를 맡은 조지 부시 주니어에게 엄청난 압력이 가해졌고 미국 정치가 그 답을 주었다. 미국 의회 상원 홀에서 언론 토론에 이르기까지, 아랍 세계에 대한 전쟁에 대한 소란이 중요하다고 대통령 회의장을 생각할 수도 있습니다. 사담 후세인은 이전에 1990년대 걸프전의 표적이 되었고 쿠웨이트에 대한 부당한 공격에 대해 정당하고 적절하게 질책할 수 있을 정도로 충분히 약화되었습니다. 미국은 동맹국이 위협을 받으면 놓아주지 않을 것임을 상기시킬 기회를 놓치지 않았습니다. 접근 방식에 균형이 있었고 세계화 시대의 실용주의를 유지하면서 윤리를 고려한 에세이의 주제를 따랐습니다. 그러나 도널드 럼스펠드 치하에서는 다소 가혹하고 당시의 어조가 그럴 수 있지만 미국이 보유한 강대국에 대한 고려에 충분한 주의를 기울이지 않았습니다. 미국의 왕따 힘의 영향은 그것이 어떻게 불안정과 삶의 손실을 초래할 것인지를 고려하지 않았습니다. 가장 중요한 것은 미국이 사담 후세인을 제거하면 장기적으로 끔찍한 시나리오가 펼쳐질 것입니다. 국가적 자존심과 본국 국민의 안전으로 가장한 보수적이고 편협한 견해는 너무 많은 미국인의 목숨을 앗아갔습니다. 이러한 맥락에서 미국은 2003년 이라크 전쟁에 참전하기 전에도 베트남 전쟁과 지난 10년 초 리비아 위기에 대해서도 같은 일을 했습니다. 따라서 이라크 개입 문제와 상황이 어떻게 처리되었는지와 관련하여 부시 대통령과 그의 핵심 고문에게 가해지는 책임은 분명히 럼스펠드를 가리킬 수 있습니다. 그러나 그렇다고 해서 그와 같은 핵심 직책을 맡은 경험이 있는 사람이 훨씬 더 합리적이고 더 나은 방식으로 외교적이어야 한다는 사실은 변하지 않을 것입니다. 재치의 부족과 일을 처리하는 방식은 공개 포럼에서 나온 뻔뻔스러운 발언을 잊지 않고 그를 분열적인 인물로 만들었습니다. 앞으로 몇 년 동안 세계에 영향을 미칠 결정을 내리는 데 필요한 정책 결정과 수준 높은 접근 방식은 확실히 놓쳤습니다. 럼스펠드 치하에서 이런 종류의 오류로 인한 대가는 미국에도 많은 영향을 미쳤습니다.

다큐멘터리에서 초점은 도널드 럼스펠드를 캐릭터로 이해하고 그 사람이 어떻게 행동했는지에 있었습니다. 앞서 언급했듯이 도널드 럼스펠드의 성격에 대한 이해에 대한 질문이 제기될 때마다 그 시대의 정치 상황을 다시 생각해야 합니다. 그 남자의 아이디어와 그의 아이디어를 주도한 것은 물론 에세이를 위해 사고 과정을 이해해야 합니다. 그것은 그가 취한 정책을 더 쉽게 이해할 수 있게 해주는 것입니다. 따라서 2003년 이라크전쟁 전후의 정책 이해 과정은 서방이 이미지를 투사하느라 바빴던 시기였다. 괴물 정권의 정권에서 해방자의 이미지. 그것은 도널드 럼스펠드의 정책 결정의 원동력이자 그가 취한 모든 행동의 원동력이라고 할 수 있습니다. 따라서 도널드 럼스펠드 (Donald Rumsfeld)의 정책 지침과 윤리성 문제 만이 유일한 관심사는 아닙니다. 그 남자를 이해하기 위해, 윤리의 일부와 관련된 조사 과정과 그의 정책에 대한 질문은 무대 뒤에서 많이 진행되었습니다. 2003 시대의 미국은 테러와의 전쟁에서 2 년 이내에 잘 지났습니다. 그러나 그 전투가 얼마나 효과적인지에 대한 의문은 여전히 남아있었습니다. 납세자의 돈과 아프가니스탄에서의 전쟁 노력에 투입된 모든 자원은 그리 많은 결과를 보여주지 못했습니다. 미국 방위 메커니즘의 전략 계획은 특히 주요 목표가 오사마 빈 라덴이었기 때문에 잘 작동하지 않는 것 같았습니다. 이제 이 모든 와중에 미국은 탈레반과 아무 관련이 없고 실제로는 탈레반에 상당히 반대하는 사담 후세인이 완벽한 주의를 산만하게 할 수 있다는 것을 알고 있었습니다. 미국 정부가 여론을 재구상하고 형성할 수 있는 새로운 길을 찾는 데 방해가 됩니다. 이것이 윤리 문제에 대한 전체 아이디어가 처음부터 흔들린 방식입니다. 이라크에 들어가는 미군의 정책 개시는 아프가니스탄의 관점에서 고려해야 할 요소 중 하나이다. 오랜 시간 동안 진행되어 온 모든 과정이 축적되어 미국 행정부의 정책 서클이 탄생했습니다. 도널드 럼스펠드(Donald Rumsfeld)와 그의 정책 관련 인물을 살펴볼 수 있는 곳입니다. 당시 현직 미국 대통령이었던 조지 부시 주니어와 새로운 전쟁의 여파로 그가 어떤 마음가짐을 가지고 있었는지. 따라서 "알려진 알려지지 않은"이라는 악명 높은 사람을 해독하는 아이디어에 대해 논의할 필요가 있었습니다. 그의 두 번째 임기 일정을 앞둔 시나리오와 그에게 쌓인 좌절과 불안은 그의 정책을 밝히는 데 도움이 됩니다.

다큐멘터리가 초점을 맞추는 것이지만 자세한 이해는 그가 출신 한 시간에서 나와야합니다. 그것은 끝났습니다. 이제 그가 대표하는 정권. 네, 보수적인 공화당원이었습니다. 그들이 미국의 힘을 대표하는 데 가지고 있는 자부심, 이 권력 방정식 자체가 국내와 해외에서 오랫동안 문제가 되었을 때 사고 과정과 자부심이 들어오는 곳입니다. 그의 역할, 지위 및 그가해야 할 책임에 대한 초점은 무시할 수 없습니다. 따라서 내 에세이의 이전 부분에서 제안한 것보다 더 유리한 위치에서 Rumsfeld 를 바라볼 수 있는 것은 이러한 것들에 초점을 맞추는 것입니다. 그것은 남자에 대한 전체적인 이해에 관한 것입니다. 그는 개인적 차원과 정부 계층에서 어떤 과정에 관여 했습니까? 이 질문에 대한 답은 특히 에세이가 균형과 관련된 질문에 답하는 것이기 때문에 그를 더 나은 빛으로 비추게 할 것입니다. 미국을 권력 정체성 위기에서 벗어나게 하는 동시에 콘센트를 제공할 수 있는 지침 간의 균형을 유지하기 위한 접근 방식입니다. 이것은 에세이를 통해 반복되고 언급 된 것입니다. 에세이의 원동력이자 그 사람과 관련된 질문에 답하는 것입니다. 그 사람이 뻔뻔한 것으로 간주될 수 있는 정책에 대한 생각을 추진하게 된 이유는 무엇입니까? 또한 더 독단적이고 "다른 사람들"을 쓸어 버림으로써 권위를 각인시키고 싶었던 그가 가져온 성격은 확실히 윤리 문제를 제기합니다.

그러나 역설은 하나의 폭력 사건이 모든 폭력적인 정권에 대한 도미노 효과의 과정을 시작했다는 것을 이해하는 데 있습니다. 미군이 여전히 아프가니스탄과 이라크에 주둔하고 있는 10년이 지난 오늘날에도 그 남자가 무엇을 위해 서명했는지 알고 있었는지 여부. 미국과 북대서양 조약 기구가 이끄는 서방 열강은 당시 세계를 럼스펠드와 같은 사람들이 담당하는 방향으로 밀어붙였습니다. 앞서 언급했듯이 미국의 자존심에 균형을 회복하는 것이 아이디어였기 때문에 그 영향은 주요 관심사가 아니었습니다. 따라서 그가 한 진술이나 그가 그 일부였던 정책 결정은 그에게만 귀속될 수 없습니다. 출발점의 사건에 답이 있을 수 있는 객관적인 각도에서 바라보기만 하면 됩니다. 그것이 테러와의 전쟁이 미국이 싸워야 할 우산적인 해답이었던 지점입니다. 자존심과 명예를 위한 싸움은 그에 의해 벌어졌고 포퓰리즘적 정서에서 그가 필요한 재치와 외교를 놓친 것은 사실입니다. 그 아이디어는 과거의 헨리 키신저의 길에서 빌린 것일 수 있습니다.

결론적으로 다큐멘터리는 과장된 주장을 하지 않으며 나름의 선정주의적 견해를 제시하지도 않습니다. 다큐멘터리가 이해되는 대로 제작되어야 하는 방식을 고수합니다. 즉, 그것은 선형이며 움직이는 일련의 사건을 따라 계속됩니다. 이러한 정보는 이 에세이에서 중요한 연결 지점으로 간주될 수 있지만 놓쳤을 수 있는 지점에 도달하기 위해 사용 및 확장되었습니다. 그렇기 때문에 그의 움직임 이전의 요인과 시나리오로 이어진 상황 사이의 집단적 이해에 중점을 두었습니다. 에세이가 정책 결정, 시대의 요구 및 상황이 요구하는 것 사이의 격차를 해소하려고 시도하는 곳입니다. 특히 윤리와 도덕의 문제가 제기됨에 따라 이해되고, 맥락화되고, 해부되어야 할 요소들이 있습니다. 그것이 그 시대의 세계를 고려하는 방법입니다. 태도와 독단적 인 정책으로의 전환에 대한 고려가 에세이에 도입됩니다. 그것은 윤리와 시간의 필요성에 대한 토론에 정당성을 부여하고 의미를 제공하기 위해 수행됩니다.

민족주의의 구성물로서의 언어

"이 논문은 언어의 사용과 민족주의와의 연관성을 반영합니다. 언어를 구성하는 것은 무엇이며 그 의미는 국가의 정체성에 매우 중요한 측면입니까? 사람들이 지역 사회에서 그룹화되는 것을 고려할 때 언어에 대한 친화력이 중요한 이유는 무엇입니까? 다음은 논문에서 답변하려고 시도한 몇 가지 질문입니다

키워드: **민족주의, 정체성, 언어, 공동체, 사회, 친화력, 이데올로기**

클로드 레비 스트라우스 (Claude Levi Strauss)의 "야만적 인 마음 (Savage Mind)"이라는 논문에서 사용 된 구성물로서의 언어는 이데올로기의 관점에서 볼 수 있습니다. 언어에 대한 아이디어와 단어의 창조가 어떻게 자신의 세계를 창조하는지는 인간 사회에 큰 진화입니다. 커뮤니티와 주변 개념에 대한 이해는 언어에서 크게 구상되었습니다. 인간 사회의 진화는 언어와

밀접한 관련이 있습니다. 이데올로기와 언어에 대한 이해는 의미를 구성하고 공통성과 이해의 감각을 부여하는 데 도움이 됩니다. R. 윌리엄스 (R. Williams)가 관찰 한 바와 같이, "언어의 정의는 항상, 암묵적으로 또는 명시 적으로, 세계의 인간에 대한 정의"입니다. 언어에 대한 아이디어는 민족 국가, 학교 교육, 성별 등 사회 제도를 만드는 데 영향을 미칩니다. 언어의 개념과 그 사용과 관련하여 앞으로의 연구 작업을 살펴보고 싶은 영역입니다. 언어 이데올로기는 문화적, 사회적 및 기타 측면과 매우 밀접한 관련이 있습니다. 이제 그것이 내 작업과 어떻게 관련될 수 있는지에 대한 개념으로 이동하면 의심할 여지 없이 매우 중요한 구성입니다. 내가 제안한 연구 작업의 핵심 구성 요소를 차지하는 민족 국가 이데올로기는 언어와 역사적 관계를 맺고 있습니다. 언어 진화의 역사는 지정학의 진화와 공동체 기반 사회에서 민족 국가로의 패러다임과 매우 중요한 관련이 있습니다. 물론 그 기간 동안의 식민 통치는 역학을 변화시켰고 다언어 사회에 큰 도전을 주었습니다. 전체 패러다임이 식민 국가에서 탈식민 국가로 이동함에 따라 언어의 정체성은 진화적 변화를 겪었습니다.

민족 국가를 건설한다는 전체 아이디어는 언어와 관련이 있습니다. 언어 자체가 국가의 이데올로기를 구성하지 않는다는 끊임없는 논쟁이 있었습니다. 언어의 개념은 민족주의와 관련이 있습니다. 역사에서 볼 수 있는 아주 오랜 시간 동안의 감정은 민족의 개념과 관련이 있습니다. (Anderson 1991)은 전체주의 정부가 항상 대중 조직을 강요하지 않는다고 말합니다. 대중의 배치보다 단결의 개념은 운동의 성공적인 도구로서 가장 중요합니다. 아일랜드 민족 운동과 방글라데시의 자유 운동은 언어에서 큰 의미를 갖습니다. 마찬가지로 카탈로니아의 다른 예도 주어질 수 있습니다. 언어 자체에 대한 아이디어는 사람들을 연결하고 묶는다는 사실에서 비롯됩니다. "Savage Mind"기사 자체의 아이디어에 따르면 언어에는 매우 중요한 이데올로기가 있습니다. 이 측면은 국가 브랜딩의 측면을 기반으로 하는 작업에 매우 중요합니다. 국가의 이데올로기는 언어와 더 깊은 관련이 있으며 정체성을 창조합니다. 물론 예를 들어 언어 구성과 밀접하게 관련된 정체성을 가진 유럽 국가가 있습니다. 논문에서 읽을 때 그것은 명명법뿐만 아니라 이데올로기에 대한 이해에 관한 것입니다. "Savage Mind"의 작품에서와 같이 언어에 대한 아이디어는 그 뒤에 있는 아이디어와 감정의 개념을 의미하기 때문에 언어에 대한 아이디어에 초점을 맞추고 있습니다.

단어는 의미를 가지며 모든 의미는 공동체에 속한 특정 사람들이 이해할 수 있는 이데올로기를 만듭니다. 이러한 소속감은 민족 국가 구성의 아이디어로 해석 될 수 있습니다. 반드시 그런 것은 아니지만 본질적으로 초국가적일 수도 있습니다. 이데올로기와 언어는 문화 연구의 동시 맥락에서 나타 났으며 많은 다른 영역에서 사용되어 왔습니다. 그러나 언어 자체와 이데올로기 적 적용에는 큰 차이가 있습니다. 저는 언어의 구성과 그 함축된 의미가 화자에 대한 이데올로기적 호소력과 많은 관련이 있는 국가 브랜딩에 대해 작업하려고 합니다. 그러나 벵골어의 예를 들면 이데올로기적 사용은 서벵골어와 방글라데시의 문맥상 적용에 많은 차이가 있습니다. 벵골의 동쪽과 서쪽에서 언어를 둘러싼 투쟁의 순전한 활용은 언어에 매우 다른 정체성을 부여합니다. 오늘날 방글라데시가 된 당시 동파키스탄은 벵골어를 중심으로 구성된 독립과 자치에 대한 요구라는 전체 개념을 가지고 있었습니다. 그것은 인도 연합의 벵골 서부의 시나리오가 아니 었습니다. 언어의 이데올로기에 대한 다양한 접근 방식이 있으며 그 중 가장 중요한 것은 민족지학적 맥락입니다. 트로브리안드 섬에서 연구를 수행한 후 민족지학의 선구자로 여겨지는 말리노프스키(Malinowski)도 민족지학의 개념으로서 언어의 중요성을 강조합니다. (Mannheim 2004)는 언어가 페루에서의 연구 작업에서 관찰 한 것과 매우 다른 문화적 개념을 창출한다는 동일한 관찰을 받았다.

내 작업은 시민권 또는 소속감의 주요 정체성으로서 언어 사용과 관련된 개념에 대해 작업하는 것 같습니다. 그러나 앞서 언급했듯이 언어 자체는 민족주의의 개념을 구성하는 데 아무런 의미가 없습니다. 인도는 그 자체로 언어가 국가 정체성을 구성하는 공통된 정체성을 갖지 않는 가장 좋은 예 중 하나입니다. 그러나 그럼에도 불구하고 국가로서의 인도의 정체성은 국가의 이념적 장벽을 넘어 구축되었습니다. 언어에 대한 전체 개념을 공통 국적을 구성하기 위한 이데올로기적 실체로 본다면 인도는 동일한 지리적 근접에서 다른 언어가 번성한 이상한 예로 나타날 것입니다. 남아시아 자체는 편향적으로 들릴 위험이 있음에도 불구하고 파키스탄을 포함하는 언어의 개념에 기반한 두 개의 민족 국가를 만들었습니다. 방글라데시의 예는 이전에 언급되었습니다. 네팔과 부탄과 같은 다른 이웃 국가에서도 중요한 사회적 구성물로서 언어와 연결되는 독특한 문화적 정체성을 가지고 있습니까? 사회 학적, 이데올로기 적 구성물로서의 언어는 유사하거나 다른 측면을 가질 수 있습니다. 파키스탄의 사례는 Alyssa Ayres 가 쓴 기사에서 논의되었습니다 **국가처럼 말하기 : 파키스탄의 언어와 민족주의**. 민족주의의 흔적이 있는 오늘날의 세계. 베네딕트 앤더슨 (Benedict Anderson, 1991)은 "표준화 된 서면 언어를 사용하는 텍스트 없이는 국가를 설립 할 수 없다"고 말했다. 아마도 앤더슨은 자국어가 정치적 도구로 쉽게 이용 가능하다고 가정했을 것입니다. 이 글에서 Kamusella 는 한때 소련의 단일 지배의 일부였던 중부 유럽 국가의 독특한 예를 묘사합니다.

그러나 소련이 해체된 후 15 개의 다른 국가가 등장했으며 모두 고유한 국적과 민족성을 가지고 있었습니다. 헝가리가 오스트리아에서 분리되는 상황에서 마자르 민족주의의 예가 여기에 적합할 수 있습니다. 합스부르크 왕조의 오스트리아-헝가리 제국은 언어 개념에서 붕괴되었습니다. 이제 이 개념을 더 확장하여 민족성을 제외하고 언어를 기반으로 한 폴란드나 체코슬로바키아 자체의 독일인들은 히틀러에게

"Lebensraum"을 요청하고 이 영토를 위대한 독일 제국의 일부로 병합할 기회를 주었습니다. 언어는 또한 처음에 만졌던 인도 자체에서 매우 중요한 역할을 합니다. 그러나 예를 찾아보면, 지속적인 투쟁의 기간을 통해 만들어진 인도의 최신 국가인 텔랑가나의 최근 사례도 그 생성의 진원지에 언어가 있습니다. 그러나 주제에서 벗어나지 않고 건설과 관련된 정치적 각도가 있습니다. 민족주의의 예와 그것이 언어와 어떻게 밀접하게 연결되어 있는지 계속해서 유고슬라비아의 예를 참조할 수 있습니다. 이 나라는 서로 다른 민족의 사람들이 함께 단결하는 통일된 틀을 가지고 있었습니다. 그러나 민족주의적 태도의 출현은 민족적 정체성의 실현과 함께 이루어졌다. 그러나 분리된 민족성과 관련하여 가장 강력한 질문은 분리된 정체성을 부여하는 것입니다. 유고슬라비아의 예에서 그들의 언어는 별개의 언어였습니다. 세르비아인, 크로아티아인, 심지어 보스니아인도 민족이 달랐을 뿐만 아니라 자신의 정체성을 위해 싸울 수 있는 고유한 언어를 가지고 있었습니다. 이것은 민족주의를 향한 이데올로기적 단계로서의 언어의 정체성에 대한 정치적 맥락이 작용하는 곳이다. 그들만의 분리된 지배권을 만들기 위한 싸움은 그들의 민족성뿐만 아니라 언어의 공통성 때문에 올 수 있습니다. 그것은 매우 중요한 기준이며, 이제 그 이유에 대한 질문이 생깁니다. 민족주의의 부상은 구어와 매우 중요한 관련이 있습니다. 수사학이나 말은 민족주의의 감정을 심어줄 수 있습니다. 따라서 말과 언어 사용은 민족주의 각도에서 매우 중요합니다.

그러나 규칙에 대한 예외가 항상 존재하기 때문에 모든 경우에 적용되는 것은 아닙니다. 언어적 경계를 기반으로 인도를 건설한다는 아이디어는 합의입니다. 그것은 인도의 개념을 구성하는 언어와 다른 민족의 분리된 정체성을 염두에 둡니다. 하위 민족주의와 그 자체로 언어를 축적한다는 생각에 대한 타협이 결과입니다. 인도는 진화와 함께 언어를 축적하고 사회에 흡수한 역사적인 시대의 독특한 국가 중 하나입니다. 단일 지리적 실체에서 고유한 이데올로기적 구성을 가진 언어의 차이가 흡수된 가장 중요한 예외 중 하나입니다. 여기에 개별 국가로서의 인도 지배 내의 하위 민족주의에 대한 아이디어가 축적되었습니다. 언어는 사회학적 부분을 구성하는 데 중요한 역할을 했습니다. 앞서 언급했듯이 그의 논문 **"유고슬라비아의 언어, 민족주의 및 전쟁"** 에서 분리주의의 개념을 언급한 R.Bugarski는 이미 민족 국가 창설을 위한 강력한 도구로서 언어의 개념을 강조했습니다. 글쓰기의 다음 부분은 언어가 일정 기간 동안 저자에 의해 어떻게 개념화되었는지에 관한 것입니다.

키스 월터스(Keith Walters)는 " **튀니지의 프랑스어 젠더화: 언어 이데올로기와 민족주의"** 라는 책에서 이데올로기로서의 언어는 끊임없이 진화하는 사회를 수용하는 방법이라고 언급했습니다. 아랍어가 프랑스어로 대체된 북아프리카의 사례는 제국주의가 경제적일 뿐만 아니라 사회문화적이기도 하다는 것을 보여주는 예이다. 상황에 따라 사회적 섬유에서 자연스러운 진행이 있을 수도 있고 없을 수도 있습니다.

프랑스 제국은 모든 식민지에서 공식 공용어로 언어를 성공적으로 통합했습니다. 마찬가지로 식민지의 대영 제국도 Nicholas Close 가 언급 한 것처럼 언어를 성공적으로 통합했습니다. 논의된 바와 같이 인도는 식민지 유산의 주요 예외 중 하나였지만 일정 기간 동안 자체 공용어를 유지했지만 영어가 공식 언어로 축적되었습니다. 이제 이것은 정체성 측면과 민족주의에 대해 많은 것을 말해줍니다. 위의 글에서 언어가 아이디어라는 것이 자세히 논의되었습니다. 아이디어 자체는 민족주의적 정서를 구성하고 언어가 사회에서 이를 정의하는 방식에 초점이 맞춰져 있습니다. 나는 언어가 대중이 집결할 수 있는 원심력이라는 것을 내 글에 반영하려고 노력했습니다. 그러나 요점은 그것에 국한되지 않습니다. 주요 초점은 아이디어, 감정 및 사회적 가치를 정의하기 위한 문화적 측면으로 언어를 사용하는 것입니다. 언어와 관련된 대부분의 민족주의는 위의 틀 위에서 구성되었습니다. 많은 탈식민 국가 언어는 또한 우월성의 한 형태로 원주민에게 강요된 지배적인 형태의 규칙이었습니다. 이 아이디어는 언어 자체가 사람들, 국가, 국가 등의 꿈을 어떻게 정의하는지 이해하는 것과 관련이 있습니다.

언어의 진화와 이데올로기 적 이해는 봉건에서 식민지 시대로의 패러다임 전환이 탈식민 국가로 진화함에 따라 변화했습니다. 이제 작품의 맨 끝에서 언어의 선물은 인간 사회가 개별적으로 진화하는 주요 요인 중 하나였다고 추론할 수 있습니다. 문화, 이데올로기, 친화력 및 행동의 진화는 언어 자체와 밀접한 관련이 있습니다. 예를 들어 에스키모 문화에서 눈이라는 단어를 정의하는 다른 단어가 있습니다. 마찬가지로, 다양한 지리적 지역에 퍼져있는 사용의 차이와 함께 동일한 언어도 동일한 언어의 경계 내에서 의미의 차이를 야기 할 수 있습니다. 이것은 제국 시대부터 세계를 지배해 온 영어, 프랑스어 및 기타 유럽 언어인 세계를 지배하는 언어에 매우 해당됩니다. 수잔 해밀턴(Susan Hamilton)이 "프랜시스 파워와 함께 역사 만들기"라는 글에서 언급했듯이, 코브는 그 자체로 진화할 수 있는 힘을 가지고 있으며, 그 내러티브는 사회에서 일정 기간 동안 실제 의미에서 변한 것을 말할 수 있습니다. 그들이 어떻게 보였는지 또는 특정 단어에 대한 도덕적 가치는 무엇입니까? 오늘날 구어체로 사용되는 단어는 단어가 실제로 잉태되었을 때 완전히 다른 측면을 가졌을 수 있으며, 이는 시간이 지남에 따라 의미가 변경되었습니다. 주제에서 너무 멀리 이동하지 않고 소수의 사람들이 언어가 원래 출신이 아닌 곳으로 이동할 때 사용하는 원래 언어는 언어에 새로운 정체성을 부여합니다. 그것은 새로운 문화적 측면의 문화적 측면에 추가됩니다. 프랑스계 캐나다인과 프랑스령 아프리카, 아랍계 미국과 영국령 아프리카인을 제외하고 인도인들은 영어를 사용하는 데 있어 특정 사람들(처음에는 식민지 개척자)에 대해 식별되는 언어에 공통 의사 소통의 생태계를 추가했습니다. 이것은 영국이 영어와 모국어를 연결하는 보다 강력한 형태로 언어를 사용했다고 언급한 (Blackledge 2002)에 의해 잘 표현됩니다. 이런 식으로 그들의 문화 제국주의 브랜드가 작동했습니다. 그것은 민족적 차이의 변화를 통합하는 국가 정체성으로서의 언어 사용에 관한 것입니다. 이것은 또한 산토시 쿠마르 미슈라(Santosh Kumar Mishra)와 나빈 쿠마르 파탁(Naveen Kumar Pathak)이 쓴 "인도의 영어 교육: 제국주의에서 탈식민화로의 여정"에서 원래 본질적으로 이질적이었던 언어가 실제로 민족주의 정신에 불을 붙이는 데 어떻게 도움이 되었는지에 대해 언급했습니다. 엘리트주의자이지만 연결의 공통 언어는 첫 번째 유형의 인디언이 서구 민주주의와 민족 국가가 어떻게 기능했는지를 읽고 이해할 수 있게 해주었습니다. 필연적으로 그것은 공격적인 민족주의 품종이 아니라 생각하는 개인의 감각을 불러일으켰습니다. 역사의 연대기에서 Macaulay 의 영어 교육 시스템에 노출된 인도 원주민도 유럽 민족주의의 느낌을 감지했습니다. 이것은 언어의 의도 된 목적이 아니었지만 언어의 진화 된 효과는 시간이 지남에 따라 변한다는 것을 증명합니다.

챕터 3 에 대한 참조

Aghion, P. 및 Bolton, P. (1997). 물방울 성장과 발전 이론. 경제 연구 검토, 64(2), p.151.

보스, S. 및 잘랄, A. (2009). 민족주의, 민주주의 및 개발. 뉴 델리 : *Oxford Univ.* 누르다.

보스워스, B. 및 콜린스, S. (2008). 성장 회계 : 중국과 인도 비교. 경제 전망 저널, 22(1), pp.45-66.

황동, P. (2004). 인도의 언어 정치에 대한 엘리트 관심, 대중적 열정 및 사회적 힘. 민족 및 인종 연구, 27(3), pp.353-375.

Demetriades, P. 및 Luintel, K. (1996). 금융 개발, 경제 성장 및 은행 부문 통제 : 인도의 증거. 경제 저널, 106(435), p.359.

페르난데스, L. (2004). 망각의 정치: 인도의 계급 정치, 국가 권력 및 도시 공간의 구조 조정. 도시 연구, 41(12), pp.2415-2430.

하리쉬, R. (2010). 관광 브랜딩의 브랜드 아키텍처: 인도가 나아갈 길. 인도 비즈니스 연구 저널. [온라인] 이용 가능:

https://www.emerald.com/insight/content/doi/10.1108/17554191011069442/full/html [2019 년 9 월 28 일 액세스].

코다바크시, A. (2011). 인도의 GDP 와 인간 개발 지수의 관계. SSRN 전자 저널.

무이, J. (1998). 식량 정책 및 정치 : 인도의 공공 유통 시스템의 정치 경제. 농민 연구 저널, 25(2), pp.77-101.

무케르지, R. (2007). 인도의 경제 전환. 뉴 델리 : Oxford University Press.

틸락, J. (2007 년). 인도의 초등 이후 교육, 빈곤 및 개발. 국제 교육 개발 저널, 27(4), pp.435-445.

바쉬니, A. (2000). 인도는 점점 더 민주화되고 있습니까? 아시아 연구 저널, 59(1), pp.3-25.

4 장에 대한 참조

Almgren, R., & Skobelev, D. (2020). 기술 및 기술 거버넌스의 진화. 오픈 이노베이션 저널: 기술, 시장 및 복잡성, 6(2), 22.

Barile, S., Orecchini, F., Saviano, M., & Farioli, F. (2018). 지속 가능성을 위한 사람, 기술 및 거버넌스: 시스템 및 사이버 시스템 사고의 기여. 지속 가능성 과학, 13, 1197-1208.

Bhattacharya, S. (2022) 서벵골에서 맹그로브 숲을 심으려는 야심찬 노력은 제한된 결과를 낳는다고 Scroll.in. 이용 가능 : https://scroll.in/article/1032297/in-west-bengal-ambitious-efforts-to-plant-mangroves-yield-limited-results (액세스 : 2023 년 6 월 10 일).

정육점, J., & Beridze, I. (2019). 전 세계적으로 인공 지능 거버넌스의 상태는 어떻습니까? RUSI 저널, 164(5-6), 88-96.

Chakraborti, S. New Town 은 원 스톱 폐기물 상점을 얻습니다 : 콜카타 뉴스-타임즈 오브 인 디아, 타임즈 오브 인디아. 이용 가능:https://timesofindia.indiatimes.com/city/kolkata/new-town-gets-one-stop-waste-to-wealth-store/articleshow/78689888.cms (액세스: 2023년 6월 10일).

데이비스, K.E., 킹스버리, B., & 메리, S.E. (2012). 글로벌 거버넌스 기술로서의 지표. 법률 및 사회 검토, 46(1), 71-104.

디아스 카네도, E., 모라이스 도 베일, A.P., 파트랑, R.L., 카마르고 데 수자, L., 마차도 그라비나, R., 엘로이 도스 레이스, V., ... & T. 드 수사 주니어, R. (2020). 정보 통신 기술(ICT) 거버넌스 프로세스: 사례 연구. 정보, 11(10), 462.

핑거, M., & Pécoud, G. (2003). 전자 정부에서 전자--거버넌스로? 전자 거버넌스 모델을 향하여. 전자- 정부 전자 저널, 1(1), pp52-62.

휘텐, M. (2019). 하드 코드의 소프트 스폿 : 블록체인 기술, 네트워크 거버넌스 및 기술 유토피아주의의 함정. 글로벌 네트워크, 19(3), 329-348.

Juiz, C., 게레로, C., & 레라, I. (2014). 정보 기술 거버넌스 프레임워크에서 공공 부문을 위한 좋은 거버넌스 원칙 구현 Implementing good governance principles for the public sector in information technology governance frameworks. 회계 저널을 엽니다.

Karol Mohan, A.T. (2023) 벵갈루루 의 지저분한 도시 개발 데이터 이해하기, 시민 문제, 벵갈루루. 이용 가능: https://bengaluru.citizenmatters.in/making-sense-of-bengalurus-messy-urban-development-data-117710 (액세스: 2023 년 6 월 11 일).

칼릴, S., & 벨리츠키, M. (2020). 정보 기술 거버넌스 프레임워크 하에서 기업 성과를 위한 동적 기능 Dynamic capabilities for corporate performance under the information technology governance framework. 유럽 비즈니스 리뷰, 32(2), 129-157.

Kumar, M. (2022) 인도의 국가 오염 통제 위원회에는 충분한 직원도 전문 지식도 없다고 Scroll.in. 이용 가능: 인도의 https://scroll.in/article/1036752/state-pollution-control 이사회 (액세스 : 2023 년 6 월 14 일).

레온, L.F.A., & 로젠, J. (2020). 도시 거버넌스의 이데올로기로서의 기술. 미국 지리학자 협회 연대기, 110(2), 497-506.

미탈, P., & 카우르, A. (2013). 전자 거버넌스: 인도의 도전. 컴퓨터 공학 및 기술 분야의 고급 연구의 국제 저널, 2 (3).

Mort, M., Finch, T., & May, C. (2009 년). 원격 환자 만들기 및 만들기 : 새로운 의료 기술의 정체성과 거버넌스. 과학, 기술 및 인간 가치, 34(1), 9-33.

멀리건, D.K., & Bamberger, K.A. (2018). 거버넌스 바이 디자인(Saving-overable-by-design). 캘리포니아 법률 검토, 106(3), 697-784.

무쏘, J., Weare, C., & Hale, M. (2000). 지역 거버넌스 개혁을 위한 웹 기술 설계: 좋은 관리인가, 좋은 민주주의인가? 정치 커뮤니케이션, 17(1), 1-19.

Prasher, G. (2023) 벵갈루루, 문제가 있습니다: 그것은 우리의 호수, 방갈로르 거울입니다. 이용 가능 :
https://bangaloremirror.indiatimes.com/bangalore/civic/bengaluru-we-have-a-problem-its-our-

lakes/articleshow/97289067.cms (액세스 : 2023 년 6 월 11 일).

로코, M.C. (2008). 융합 기술의 글로벌 거버넌스 가능성. 나노 입자 연구 저널, 10, 11-29.

작데바, S. (2002). 인도의 e-거버넌스 전략. 인도의 e-거버넌스 전략에 관한 백서.

비디샤, S. (2023) 뭄바이 빈민가 주민들이 아다니의 재개발 계획인 닛케이 아시아에 반대하고 있다. 이용 가능: https://asia.nikkei.com/Spotlight/Asia-Insight/Mumbai-slum-residents-stand-up-against-Adani-s-redevelopment-plan (액세스: 2023 년 6 월 12 일).

야다브, N., & 싱, V.B. (2013). 전자 거버넌스: 인도의 과거, 현재, 미래. arXiv preprint arXiv:1308.3323 입니다.

전문가들은 델리의 대기 질을 개선하기 위한 전략에 대해 브레인스토밍합니다. 이용 가능 : https://www.newindianexpress.com/cities/delhi/2023/may/16/experts-brainstorm-on-strategies-to-improve-air-quality-in-delhi-2575552.html (액세스 : 12 June 2023).

뭄바이의 계획 및 개발이 시민을 참여시키는 방법 : 뭄바이 뉴스-타임즈 오브 인디아, 타임즈 오브 인디아. 이용 가능: https://m.timesofindia.com/city/mumbai/how-planning-and-development-of-mumbai-can-involve-citizens/articleshow/100691710.cms (액세스: 2023 년 6 월 11 일).

West Bengal Govt, 오염을 극복하기 위해 콜카타에서 공기 청정기가 장착된 버스 출시 (2023) 힌두스탄 타임즈. 이용 가능: https://www.hindustantimes.com/cities/kolkata-news/west-bengal-govt-launches-buses-with-air-purifiers-in-kolkata-to-beat-pollution-101686042102914.html (액세스: 2023 년 6 월 11 일).

5 장에 대한 참조

Albert Eleanor, (2019) Thediplomat.com "러시아, 중국의 이웃 에너지 대안"에서 액세스

Altman A. Steven, 2020 Harvardbusinessreview.org 에서 액세스 : "Covid19 가 세계화에 지속적인 영향을 미칠까요?

Birdsall, Campos M. Nancy, Edgardo L Kim Jose, Corden Chang-Shik, MacDonald W. Max, Pack Lawrence, Page Howard, Sabor John, Stiglitz Richard, E. Joseph (1993) documents.worldbank.org "동아시아의 기적 : 경제 성장과 공공 정책"에서 액세스

Bishara Marwan, (2020) Aljazeera.com 에서 액세스한 "중동의 어렴풋한 혼란을 조심하십시오"

Bogardus, E. (1927) 이민과 인종 태도. 뉴욕 : DC Heath Publication.

보스, S. 및 잘랄, A. (2009). 민족주의, 민주주의 및 개발. 뉴 델리 : Oxford Univ. 누르다.

보스워스, B. 및 콜린스, S. (2008). 성장 회계 : 중국과 인도 비교. 경제 전망 저널, 22(1), pp.45-66.

황동, P. (2004). 인도의 언어 정치에 대한 엘리트 관심, 대중적 열정 및 사회적 힘. 민족 및 인종 연구, 27(3), pp.353-375.

캘러한, A.W. (2016). 중국의 "아시아 드림", 일대일로 이니셔티브 및 새로운 지역 질서. 아시아 비교 정치 저널 1 (3), 226-243.

Chen Alicia, Molter Vanessa (2020) fsi.stanford.edu "마스크 외교: 코로나 시대의 중국 내러티브"에서 액세스

쳉, K.L. (2016). 중국의 "일대일로 이니셔티브"에 대한 세 가지 질문. 중국 경제 검토 40, 309-313

중국의 새로운 외교와 세계에 미치는 영향. (2007). 브라운 세계 문제 저널, [온라인] 14(1), pp.221-232.

Demetriades, P. 및 Luintel, K. (1996). 금융 개발, 경제 성장 및 은행 부문 통제 : 인도의 증거. 경제 저널, 106(435), p.359.

Deepta Chopra- 남아시아의 개발 및 복지 정책, 2014.

Duara P., (2001) jstor.org "문명과 범 아시아주의의 담론"에서 액세스

Du J. & Zhang, Y. (2018). 일대일로 이니셔티브가 중국의 해외 직접 투자를 촉진합니까? 중국 경제 검토 47, 189-205.

팬, Y. (2007). 소프트 파워: 매력인가 혼란인가? Palgrave Macmillan, [온라인] 4(2), pp.147-158.

페르디난드, P. (2016). 서쪽으로 ho- 중국의 꿈과 '하나의 벨트, 하나의 길': 시진핑의 중국 외교 정책. 국제문제 92(4), 941-957

Ghoshal Singh Antara, (2020) Thehindu.com "교착 상태와 중국의 인도 정책 딜레마"에서 액세스

G.S. Khurana, (2008) tandfonline.com "인도양에 있는 중국의 진주 끈과 그 안보 영향"에서 액세스.

Guo, C., Lu, C., Denis, DA & Jielin, Z. (2019). 중국과 유라시아에 대한 "One Belt, One Road" 전략의 시사점.

힐먼, J. (2018). 중국의 일대일로는 구멍으로 가득 차 있습니다. 전략 및 국제 연구 센터.

황, Y. (2016). 중국 일대일로 이니셔티브 이해: 동기 부여, 프레임워크 및 평가. 중국 경제 검토 40, 314-321.

이슬람, NM (2019). 실크로드에서 일대일로. 뛰는 사람

Jain Ayush, (2020) eurasiantimes.com 에서 액세스 "갈완 이후 히마찰은 인도-중국 국경 분쟁에서 다음 큰 문제가 될 수 있습니다"

진첸, T. (2016). 하나의 일대일로: 중국과 세계를 연결합니다. 글로벌 인프라 이니셔티브(Global Infrastructure Initiative) 웹 사이트.

존스턴, A.L. (2019). 일대일로 이니셔티브: 중국을 위한 것은 무엇입니까? 아시아 태평양 정책 연구 6(1), 40-58.

리앙, Y. (2020). 인민폐 국제화 및 자금 조달 일대일로 이니셔티브: MMT 관점. 중국 경제 53(4), 317-328.

루, H, R. 샬린, R., 하프너, M. & Knack, M. (2018). 중국 일대일로 이니셔티브. 랜드 유럽.

밍하오, Z. (2016). 일대일로 이니셔티브는 중국-유럽 관계에 미치는 영향입니다. 국제 관중 51(4). 109-118.

Mishra Rahul, (2020) Thediplomat.com "남중국해에서 중국의 자해 상처"에서 액세스

미첼, D. (2020). 지역 만들기 또는 파괴 : 중국의 일대일로 이니셔티브와 지역 역학의 의미. 지정학

무이, J. (1998). 식량 정책 및 정치 : 인도의 공공 유통 시스템의 정치 경제. 농민 연구 저널, 25(2), pp.77-101.

나린스, PT & 애그뉴, J. (2020). 지도에서 누락 : 중국 예외주의, 주권 체제 및 일대일로 이니셔티브. 지정학 25(4).

노르딘, H.M.A. & 와이스만, M. (2018). 트럼프가 중국을 다시 위대하게 만들 것인가? 일대일로 이니셔티브와 국제 질서. 국제 문제

라마단, I. (2018). 중국의 일대일로 이니셔티브. Intermestic: 국제학 저널

Saha Premesha, (2020) orfonline.org 에서 액세스 "'아시아로의 피벗'에서 트럼프의 ARIA 까지 : 미국의 현재 아시아 정책을 주도하는 것은 무엇입니까?"

슈미트, J. (2008). 동남아시아에서 중국의 소프트 파워 외교. 코펜하겐 아시아 연구 저널, [온라인] (26), pp.22-46.

스코벨, A., 린, B., 하워드, JS, Hanauer, L., 존슨, M. & Michake, S. (2018). 일대일로의 새벽: 개발도상국의 중국. 랜드 코퍼레이션

샤리아르, S. (2019). 일대일로 이니셔티브: 중국은 부상하면서 세계에 무엇을 제공할 것인가. 아시아 정치학 저널 27(1), 152-156

Suri Navdeep 과 Taneja Kabir, (2020) The Hindu.com 에서 액세스 : "걸프만과 서아시아를 연결하는 전염병 위기"

실비아 마사, (2020) Thediplomat.com 에서 액세스한 "5G 를위한 글로벌 전쟁이 가열됩니다"

Tan Meng Chee (2015) theasiadialogue.com "동남아시아의 인프라 투자와 중국의 이미지 문제"

예, M. (2020). 베팅 로드와 그 너머: 중국의 국가 동원 세계화. 케임브리지 대학 출판부

윈링, Z. (2015). 하나의 벨트, 하나의 길 : 중국의 관점. 글로벌 아시아 10(3), 8-12.

자오, S. (2020). 시진핑 주석 외교의 서명인 중국의 일대일로 이니셔티브: 말처럼 쉽지 않습니다. 현대 중국 저널 29(123), 319-335.

6 장에 대한 참조

아델만, H. (2002). 캐나다 국경 및 이민 포스트 9/11. 국제 이주 검토. 36(1), 15-28.

앤더슨, M., 알카라즈 엘레나, M., 프로이덴슈타인, R., 기라우돈, V. (2000). 서쪽을 둘러싼 벽: 북미와 유럽의 국경과 이민 통제. Rowman & Littlefield(로우먼 & 리틀필드).

봄므, M. (2000). 이민과 복지 : 복지 국가의 경계에 도전합니다. 라우틀리지.

차콘, M.J. (2006). 안전하지 않은 국경 : 이민 제한, 범죄 통제 및 국가 안보. 코네티컷 I. reV. 39, 1827 년.

크레파즈, M.M. (2008). 국경을 초월한 신뢰: 이민, 현대 사회의 복지 국가 및 정체성. 미시간 대학 출판부

파신, D. (2011). 국경을 치안하고 경계를 만듭니다. 암울한 시대의 이민 정부성. 인류학의 연례 검토. 40, 213-226.

플로레스, A.L. (2003). 수사학적 경계 구축: Peons, 불법 체류자 및 이민에 대한 경쟁적인 내러티브. 미디어 커뮤니케이션의 비판적 연구. 20(4), 362-387.

플린, D. (2005). 새로운 국경, 새로운 관리: 현대 이민 정책의 딜레마. 민족 및 인종 연구 28(3), 463-490.

헤이터, T. (2000). 국경 개방: 출입국 통제에 반대하는 경우. 이주와 디아스포라 연구, 17.

제이콥슨, D. (1996). 국경을 초월한 권리: 이민과 시민권의 쇠퇴. 브릴.

왕. N. (2016). 국경 없음: 이민 통제와 저항의 정치. 제드 북스 (Zed Books Ltd.)

라하브, G. (2004). 새로운 유럽의 이민과 정치 : 국경의 재창조. 케임브리지 대학 출판부.

Maciel, D. & Herrera-Sobek, M. (1998 년). 국경을 초월한 문화 : 멕시코 이민 및 대중 문화. 애리조나 대학 출판부

피터스, E.M. (2015). 개방 무역, 폐쇄 국경 세계화 시대의 이민. 세계 Pol. 67, 114.

윌콕스, S. (2009). 이민에 대한 국경 개방 논쟁. 철학 나침반 4(5). 813-821.

윌콕스, S. (2015). 이민과 국경. 블룸스버리와 정치 철학의 비교, 183-197.

챕터 7 에 대한 참조

Smeulers, S Van Niekerk Abu Ghraib 및 테러와의 전쟁 - Donald Rumsfeld 에 대한 사건? 범죄, 법률 및 사회 변화, 2009

Dyson, B.S "Stuff Happens": 도널드 럼스펠드와 이라크 전쟁. 외교 정책 분석, 2009

Fischer-Lescano, A. 아부 그 라이브의 고문 : 국제법에 대한 독일 범죄 법에 따라 도널드 럼스펠드에 대한 불만. 독일 법률 저널, 2005.

햄프턴, AJ, Aina, B., Andersson, J. 럼스펠드 효과 : 심리학 저널. 2012

Logan, C.D. - 알려진 것, 알려진 알려지지 않은 것, 알려지지 않은 알려지지 않은 것 및 과학적 탐구의 전파. 실험 식물학 저널, 2009.

Morris, E. 알려지지 않은 알려진. 당신이 몰랐던 것, Dogwoof, 2000

Panagopoulos, C. 여론 조사: 여론 과 국방장관 도널드 럼스펠드. 분기별 대통령 연구, 2006

Rumsfeld, H. D. 군사 외교 문제 변화 , HeinOnline. 2002

Rumsfeld, D. 우리 자신을 방어하기: 왜 우리는 이라크를 공격해야 합니까? 오늘의 중요한 연설, 2002

럼스펠드, H.D. 새로운 종류의 전쟁. 군사 검토, 2001

Rumsfeld, D. 2001 Quadrennial Defense Review 에 대한 지침 및 참조 조건. 2001

럼스펠드, H.D. 새로운 종류의 전쟁. 군사 검토, 2001

럼스펠드, DH <u>연례 보고서 대통령과 의회</u>. 2003

Rumsfeld, H.D. <u>존경하는 Donald H. Rumsfeld 의 성명서</u>. 2001

럼스펠드, D. <u>자유 이라크를 위한 핵심 원칙</u>. 월스트리트 저널, 2003

Ryan, M. '<u>전체 스펙트럼 우위</u>': <u>Donald Rumsfeld, 국방부 및 미국 비정규전 전략, 2001-2008</u>. 작은 전쟁과 반란, 2014.

챕터 10 에 대한 참조

Alyssa Ayres (2009), "국가처럼 말하기 : 파키스탄의 언어와 민족주의", Cambridge University Press.

앤더슨 베네딕트 (1983), "상상의 공동체", Verso, 런던

Blackledge Adrian (2002), "다국어 영국에서 국가 정체성의 담론 적 구성", 언어, 정체성 및 교육 저널, Vol 1, pp 67-87

Holobrow Marnie (2007), "언어 이데올로기와 신자유주의", 언어와 정치 저널, Vol 6, pp. 51-73

Kathryn A. Woolard & Bambi B. Schieffelin (1994), "언어 이데올로기", 인류학 연례 검토, Vol 23, pp. 55-82

Ranko Bugarski (2001), "유고 슬라비아의 언어, 전쟁 및 민족주의", 국제 언어 사회학 저널, Vol 151, pp-69-87

Walters Keith (2011), "튀니지의 프랑스어 젠더 : 언어 이데올로기와 민족주의", 국제 언어 사회학 저널, Vol 2011, 83 페이지

다음을 기다리십시오 ....

www.ingramcontent.com/pod-product-compliance
Lightning Source LLC
LaVergne TN
LVHW041219080526
838199LV00082B/970